U0067944

球場內外

老溫、鄭湯尼、剛田武 合著

 天空數位圖書出版

目錄

René Adler

——是緣是債是場夢

文：老溫

　　命運弄人，時光回到 2010 年世界盃，若非 René Adler 受傷，Robert Enke 突然離世，德國一號門將不會是 Manuel Neuer。如果沒有「傷追人」，他或許會在國家隊擁有一段漫長的美好時光，但最受衝擊的也就是 Neuer。

　　「現在我已身不由己，再繼續下去沒甚麼意義，我決定退役，畢竟身體超出負荷，我所面對的恐懼曾經是動力，但現在變成障礙。」2007 年，Adler 首次亮相德甲，翌年入選國家隊，直至 2013 年最後一次披起國家隊戰衣，僅有 13 次。

　　1985 年 1 月 15 日，生於萊比錫的 Adler，受惠於父親的足球細胞，自小展露強大的運動天賦，很快就決定和父親擔任同一個位置，把守球隊的最後一道大門。「他是天才，我們一直堅信他會大紅大紫，100 個小朋友想做職業球員，最多只有一、兩個能在德甲立足，他是其中之一。」虎父無犬子，父親多年來對兒子讚不絕口，也期待小 Adler 長大後可成大器。

　　由萊比錫青年軍到 15 歲，小 Adler 被勒沃庫森球探相中，毫不猶豫展開新挑戰，2002 年升至 B 隊，出場八次。隨後，他已成為國家隊各級青年隊代表，曾戰 2005 年世青賽，也是一號門將。世青賽後，阿森納發出聘約，德國人決定留隊，藉此爭取更多上陣機會，保有足夠的耐心。

　　正選停賽，機會來了，2007 年 2 月 25 日，René Adler 的名字第一次出現德甲的比賽名單，對手是當時的聯賽領頭羊沙

爾克 04，面對 20 多次射門，10 腳次射正，悉數被撲出，「神反應」令人嘖嘖稱奇，最終協助球隊險勝 1:0。此後，《踢球者》連續三輪將他選進每周最佳陣容，《圖片報》連續三場給他滿分，德國足壇誕生了超新星，閃電取得正選席位，逼迫 Hans-Jörg Butt 遠走葡萄牙的本菲卡。

2007-08 年度賽季，身高 1 米 91 的 Adler 正選上陣 33 場，順利入圍 2008 年歐洲盃名單，隨著前輩 Jens Lehmann 退出國際賽，人人以為日耳曼的未來守護神會是 Adler，也獲得總教練的「保證」。2009 年 10 月世界盃資格賽，他代表德國對俄羅斯，守住清身之身，助球隊小勝 1:0，取得決賽圈入場券，那一刻，誰想過 Neuer 會是一號門將？

好景不長，南非世界盃前兩個月（當時傳出世界盃後加盟曼聯），Adler 肋骨骨折，錯過了最重要的人生舞台，此後傷患更是接踵而至。受傷永遠是運動員的天敵，2011 年和勒沃庫森進行新合約談判，Adler 遭遇膝蓋傷病，於是球隊從斯圖加特租借青年隊門將 Bernd Leno。傷癒之後，Adler 的正選已被奪去，Leno 握住機會，去年更上一層樓改投阿森納。

2012 年，Adler 來到漢堡前兩個賽季，分別披甲 32 場和 30 場，以為是雨後放晴，2014-15 年度賽季卻因受傷患困擾，只能亮相 12 次場，逐漸失去正選位置。期時，國家隊早已被 Neuer 鎖定了第一把交椅，Adler 透露情緒受到波動：「Robert

Enke 和我的感覺很相似，我很害怕走上他一樣的路，害怕自己患上抑鬱症。」

　　結束五個賽季的漢堡之旅，Adler 於 2017 年加盟美因茨，同年 10 月再次遇到重創，當時已打算退役，上一次正式比賽已是在 2018 年 4 月 29 日。多年前他說過：「我不希望自己只是足球員，希望提早為退役準備。」他說到做到，2016 年已修讀體育經濟課程，翌年開創門將手套的創業專案，目前還經營一所門將足球學校，噩夢結束了，美夢在後頭。

馬達加斯加的光輝
只是短暫的煙火？

文：老溫

　　在 2019 年夏天舉行的非洲盃上，來自非洲東南部的島國馬達加斯加是其中一支首次參與決賽圈的球隊。這個以野生動物和熱帶雨林聞名於世，體育成就欠奉的國度卻在本屆非洲盃屢創奇跡，在分組賽把非洲其中一支最強的球隊奈及利亞擊敗，首次參賽便晉級八強。雖然最終被突尼西亞擊敗出局，沒能將童話故事延續，不過也足以讓世界足壇為他們送上掌聲。不過在成功的背後，馬達加斯加的足球發展似乎沒能藉此延續下去，令這個全球面積第四大的島國在今夏散發的光輝，或許就如煙火般轉瞬即逝。

　　馬達加斯加在五年前仍然是國際足聯排名第190位的足球弱國，這一次他們在十六強賽擊敗民主剛果共和國晉級，可是在 2016 年的時候卻是以 1:6 慘敗。直到 2017 年法國籍教練 Nicolas Dupuis 到任後，馬達加斯加的成績才獲得明顯進步，從以往在非洲盃資格賽最多只有三場勝仗的平庸球隊，成為在 2018 年獲得 5 勝 1 和 2 負成績，首次打進決賽圈的新兵。馬達加斯加在決賽圈跟奈及利亞、幾內亞和同樣首次參賽的蒲隆地一起在 B 組。結果大部分球員只在法國和世界各地次級聯賽球隊效力的這一支球隊，卻在分組賽三戰全勝，以分組賽首名身分打進十六強賽，然後在十六強賽互射十二碼球擊敗民主剛果共和國，首次參賽便晉級八強賽。

正如早前提及一樣，馬達加斯加沒有球星，效力法甲球隊里昂的中衛 Jeremy Morel 和效力另一支法甲球隊蘭斯的後衛 Thomas Fontaine 就是這支球隊履歷表最漂亮的球員。在分組賽射進兩球的前鋒 Carolus Andriamatsinoro，也只是效力沙烏地阿拉伯次級聯賽球隊的名不經傳球員，連總教練 Dupuis 在法國的時候也只是執到第四級別聯賽球隊的無名教頭。不過就是這個素人軍團成就了奇蹟，Dupuis 強調說：「我們沒有球星，球隊就是球星。我們就是一群有足球天分的朋友所組成的球隊，是紀律讓我們成為好球隊。」

可是在另一方面來看，馬達加斯加足球缺乏長遠計劃，例如是參與本屆賽事的球員有不少是老將，隊長 Faneva Andriatsima 和前鋒 Lalaina Nomenjanahary 分別是 35 歲和 33 歲。而且馬達加斯加面積比台灣大超過 16 倍，全國卻只有 24 支球隊參與聯賽，礙於資源所限和國土面積太大，所以 24 支來自全國各地的球隊只在某一個時間齊集在首都踢兩輪分組賽，然後決出四支球隊作主客兩回合比賽，結果總冠軍全年也只有 16 場比賽，而且只集中在三個月內完成。這樣的聯賽發展令 Dupuis 對馬卡加斯加前景不表樂觀：「我早已向當局發出警號，可是無論在國家隊技術層面或是青訓發展，這些年來根本毫無作為，國家隊的成功猶如一棵大樹掩蓋了它背後的森林而已。」而且更嚴重的問題是馬達加斯加國內對這次非洲盃的

奇蹟並不是很有感，國民也沒有什麼慶祝和歡愉的行動，或許令這次馬達加斯加獲得的成功很快就被世人遺忘。

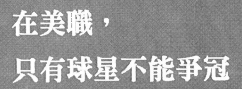

在美職，
只有球星不能爭冠

文：老溫

　　美國職業足球聯賽（MLS）2019 賽季總決賽將由東岸冠軍多倫多 FC 對戰西岸冠軍西雅圖海灣者，這也是 2017 年總決賽的翻版。本屆美職聯仍然擁有不少耳熟能詳的國際級球星，包括 Zlatan Ibrahimovic、Wayne Rooney、Bastian Schweinsteiger、Nani、Carlos Vela 等，可是他們全部都沒能參與總決賽。縱觀美職聯歷史有不少國際級球星參加，可是能夠拿到總冠軍的反而總是那些沒有國際級球星壓場的「平民球隊」，強如貝克漢也要在加盟第五年才能圓冠軍夢。

　　美國的職業運動項目雖然已經發展得相當成熟，可是跟美式足球、棒球、籃球和冰上曲棍球比較之下，職業足球運動還是顯得比較弱勢，因此獲得的商業贊助費用相對上沒有那麼充裕。所以縱然洛杉磯銀河於 2007 年以 650 萬美元年薪引進貝克漢，令美職聯修改規則讓每支球隊可以簽進三名不受工資帽所限的球員，藉此增強競賽和商業競爭力，不過美職聯球隊資金還是有限，雖然有部分球隊（特別是洛杉磯銀河）還是可以花巨額金錢引進國際級球星，可是一支球隊畢竟是需要接近 30 名球員才可以應付整個賽季的比賽，所以殘酷的現實是不少球隊為了引進球星，恐怕已將不少預算資金放在球星身上，餘下的金錢只能找來一些質素沒那麼高的球員和教練團成軍，形成擁有球星的球隊往往淪為單天保至尊。

　　最明顯的例子是「伊布」2019 年賽季在洛杉磯銀河的常規賽射進 31 球和貢獻八次助攻，這當然是伊布本身的實力比美職聯水平高出不少。可是除了伊布，洛杉磯銀河進球最多的球員墨西哥前鋒 Carlos Antuna，2019 年賽季上場 31 場只進六球和助攻五次。銀河的同市球隊洛杉磯 FC 也有類似的情況，他們擁有 2019 年賽季常規賽金靴獎得主 Carlos Vela，這名墨西哥國腳射進 36 球和助攻 11 次，緊隨其後的是烏拉圭射手 Diego Rossi，射進 17 球和八次助攻，第三位的挪威前鋒 Adama Diomande 也有十個進球和五次助攻，進攻能力尚算比較平均，他們也是西岸常規賽第一名球隊。可是到了西岸決賽，洛杉磯 FC 三巨頭都無法發揮威力，反而讓西雅圖海灣者以有效反擊打倒，令洛杉磯 FC 和 Carlos Vela 在此前的努力付諸東流。

　　球星沒能協助球隊奪冠的另一原因，則是球星本身到達美職聯時的競技水平已經跟高峰時期相差很遠，而且他們的球隊實力也不怎麼樣，因此沒能取得理想的成績。2019 年賽季結束後宣布退役的前德國隊隊長 Bastian Schweinsteiger 到了芝加哥火焰後的表現實在對不起他的 610 萬美元年薪，他在 2017 和 2018 年兩個賽季合共只有七個進球和七次助攻，2019 年賽季因為身體能力下滑無法再勝任中場位置，整個賽季獲安排擔任中衛，結果只有一個進球。當然在「小豬」領導下的芝加哥防線只失 47 球，是東岸 12 支球隊之中防守能力排第四名，可是球隊仍然沒法進入季後賽。另一個例子則是奧蘭多城，這支從

2015 年開始參與美職聯的球隊最初以前世界足球先生 Kaka 作頭號球星，他在這支佛羅里達州球隊獲得超過 710 萬美元年薪，可是踢了三個賽季都沒有任何一個賽季的進球或助攻達雙位數字。Kaka 退役離隊後，奧蘭多城在上賽季沒有著名球星壓場，結果總成績是美職聯最後一名。

2019 年賽季奧蘭多城找來前葡萄牙國腳 Nani，年薪達 233 萬美元的他也為球隊貢獻 12 個進球和五次助攻，可是這兩項數字均是冠絕奧蘭多城全隊，結果球隊在 2019 年賽季還是繼續敬陪末席。相反參與總決賽的兩支球隊多倫多 FC 和西雅圖海灣者當中，多倫多也有兩名年薪超過 600 萬美元的美國國腳 Michael Bradley 和 Jozy Altidore，西雅圖最高薪的烏拉圭國腳 Nicolas Lodeiro 也有 250 萬美元年薪，情況就肯定完全不同了。

拒絕泡沫，
純粹造星的加拿大超級聯賽

文：老溫

從前足球迷常常恥笑美國是全球最大的足球沙漠，不過經過最近三十年的努力，美國已經成為世界足壇的二等強隊。美國足球的崛起將「全球最大足球沙漠」之名「轉讓」給鄰國加拿大。不過加拿大近年也不甘示弱，還悄悄地起了革命。加拿大足協在 2019 年成立第一屆加拿大超級足球聯賽（Canadian Premier League，下稱加超），是加拿大首次擁有職業足球聯賽，也讓他們不再是全球沒有職業足球聯賽的國家中的最大經濟體。有別於鄰國的美職聯（MLS）和近年新興的印度超級聯賽（ISL），加超球隊並沒有斥巨資吸引昔日球星助拳，反而從一開始就把自己定位為造血聯賽，目標是為國家隊提供人才和向美職聯輸出球員。

加拿大歷年來都不乏足球人才，不過踢得好的球員如果要圓職業足球員的夢想，就只可以到外國找機會，以往效力英超球隊西漢姆聯的門將 Craig Forrest、踢過埃弗頓和富勒姆的前鋒 Tomasz Radzinski 和前托特勒姆熱刺後衛 Paul Stalteri 就是例子。後來加拿大有三支職業球隊加入美職聯，分別是多倫多 FC、溫哥華白浪和蒙特婁衝擊，讓加拿大球員可以在本土踢職業足球，2018-19 年賽季從溫哥華轉投拜仁慕尼黑的 Alphonso Davies 就是最近的成功例子。不過身為 2026 年世界盃決賽圈其中一個主辦國，加拿大如果還是沒有自家職業聯賽，確實沒有足夠有能力的球員可供選擇，國家隊總教練 John Herdman 認

為如果加拿大年輕球員沒能在美職聯和歐洲聯賽立足，就沒法讓他們繼續踢球，從球員培訓角度來說絕非好事。

因此加拿大足協早於 2013 年 6 月就公布將會成立屬於加拿大人的職業足球聯賽，經過多年的籌備，終於在去年確定有七支球隊參加，這七支球隊散布在加拿大南部，從東岸到西岸也有，分別是哈利法克斯流浪者（HFX Wanderers）、約克九鎮（York9FC）、哈密爾頓鍛鋼（Forge FC）、瓦羅爾（Valour FC）、愛民頓（FC Edmonton）、卡爾加里（Cavalry FC）和太平洋（Pacific FC）。擁有美職聯球隊的三個加拿大城市都沒有設立加超球隊，原因是賽會不希望與美職聯成為競爭對手。雖然目前只有七支球隊，不過賽會希望將來可以繼續擴軍增加球隊數目。球員方面，由於貫徹培訓加拿大本土球員的原則，所以規定每支球隊只可以有七名非美加籍球員，每場比賽最少六名正選球員必須是加拿大人，每隊必須最少有三名 21 歲以下加拿大球員，而且 21 歲以下球員每賽季最少有合共 1,000 分鐘上場時間。賽制方面，首賽季每支球隊有 28 場常規賽，首十場比賽屬於春季聯賽，餘下的 18 場比賽是秋季聯賽，從 4 月踢到 10 月。兩季聯賽的冠軍將於 10 月舉行爭奪總冠軍殊榮。

首屆加超在 2019 年 4 月 27 日揭幕，結果哈密爾頓鍛鋼和約克九鎮打成 1:1 平手，賽事吸引 17,611 人進場觀戰。雖然加超沒有世界級球星，只有部分從歐洲聯賽和美職聯回流的國腳，

外援也只有來自世界各地，在本國踢不上職業聯賽的名不經傳外援，當中只有數名來自非洲和千里達及托巴哥的邊緣國腳，比賽水平也確實不算很高，不過也無損加拿大球迷的熱情，進場觀看的有 4,279 人。而且球票絕對不便宜，以首七戰全勝的春季聯賽冠軍卡爾加利主場賽事為例，最便宜的比賽門票售價是每張 63.49 加元（約 1,500 新台幣）！可見冰天雪地的加拿大其實也有龐大的足球市場，只要多加發展也可能成為國際足壇的新勢力。

最終哈密爾頓鍛鋼（Forge FC）奪得首屆加超的冠軍，寄望之後的加拿大超級聯賽，越來越成功。

（原文寫於 2019 年中）

身在曹營心在漢

文：老溫

今日，我們會以「顏色」劃分不同的人士，一言不合，隨時大打出手，在外國足壇更是司空見慣，但凡事都有例外，比方說以下這些「身在曹營心在漢」的倫敦打工族。

2012 年 2 月，北倫敦德比大戰，阿森納主場先失兩球，然後絕地反擊勝 5:2，賽後發布會上名叫 Tim Love 的熱刺工作人員心情異常興奮，因他正是槍手鐵粉。「我正在現場進行文字直播，記得槍手發起一次反擊時，我一連寫了三次『進球！』，所有文字用大寫字母加感嘆號，其實這不是正常做法，哈哈！」他對當時的逆轉歷歷在目。

Tim Love 在北倫敦成長，自小成為阿森納支持者，1994 年 11 月首次進場觀戰，可惜愛隊只能同謝菲爾德聯互交白卷。出來社會後，他曾應聘槍手的多媒體職位，卻沒被相中，陰錯陽差之下加入死敵的陣營。「為了生活，我無法接受失業的事實，身邊幾個好朋友是槍手球迷，平日我甚少提起工作，不想被人覺得我背信棄義。」他說。

每日工作，他的內心都會感到矛盾，尤其是與同事談起阿森納和熱刺之恩仇，「肚子有團火升起」，但畢竟只是一份工作，他依然是阿森納支持者。有次熱刺主場上半場領先槍手，Tim Love 直接走出球場，坐回座駕，「再也不能接受了這份工，太煎熬，我要穿上熱刺球衣，看著愛隊被擊敗，身邊都在慶祝，

誰能明白我？」時間讓人變得世故，但他的立場始終如一，上賽季歐冠決賽也是「倒戈」支持利物浦。

在切爾西，叫 Ed Jones 的工作人員，從小就是熱刺鐵粉，2013 年以製作人身分加入藍軍電視台。「熱刺是我的第二生命，我不會說大話，害怕掉大牙。」比賽前一天，他會同前切爾西球員製作預告節目，但對手是熱刺的話，寧願請假「逃避」，甚至在德比戰偷偷戴上熱刺隊徽。

逃避可恥但有用，Ed Jones 有時要穿上切爾西戰衣，但無論外面氣溫如何，總會再套一件夾克，以保「貞節」。2015 年英格蘭聯賽盃決賽，熱刺 0:2 落後，他直接離開溫布利球場；2016 年 5 月，Hazard 最後時刻追平，助萊斯特城奪得英超冠軍，他說：「那回憶太恐怖，比起恐怖片更恐怖。」快樂回憶是有的，2015 年 1 月 1 日，熱刺主場以 5:3 大勝藍軍。

「當我坐在藍軍替補席時，Drogba 和 Cech 就在旁邊，熱刺落後 0:1，但到半場結束前反超前 3:1，我想起來慶祝，但不能這樣做，這會違反自己的職業，唯有抓緊兩邊同事。」別人以為他很快樂，實際上有「苦」自己知，他說：「那場比賽後，穆里尼奧很懊惱，但我笑得忍俊不禁，很想跑出球場慶祝！」終於，他在 2018 年 1 月離開死敵的陣營，不想過著豬八戒照鏡的日子。

同樣身在藍軍，Kevin Bridgewater 本身是阿森納老粉絲，上世紀六十年代已進場觀看愛隊，平時喜歡在衣服翻領的背面，戴上兩個別針：前主帥溫格的半身像及阿森納舊徽章。2006 年 12 月，槍手作客戰和切爾西 1:1，他不小心地被球員發現是「無間道」，結果在下場比賽前，他收到電子郵件：「信中要求我保持刻制⋯⋯。」

造物弄人，Pete Lowe 是曼聯球迷，卻在 2000 年夏天成為曼城青訓教練。「其他人問我究竟支持哪隊，答案很簡單，無論你為哪隊工作，你的心也要與他們在一起，直至離開工作崗位。」Pete Lowe 七十年代第一次到老特拉福德球場，對第一代萬人迷 George Best 念念不忘，難怪現在成為藍月的教育主管，10 年來見證 74 人成為職業球員，多達 39 人亮相英超。

科索沃足球教父
Fadil Vokrri 遺愛世人

文：老溫

　　科索沃足球隊 2019 年聲名鵲起，不是純粹因為寫下了驚人的 15 場不敗紀錄，而是在歐洲盃資格賽作客大戰英格蘭，雙方合演了一場八顆進球的娛樂秀。科索沃天生輸在起跑線，地理上被塞爾維亞、蒙特內哥羅、阿爾巴尼亞和馬其頓重重包圍，軍事和經濟都處於弱勢，但是七年來逆流而上，與命運之神對抗到底，這一張歐洲盃決賽圈入場券，你們值得擁有，更要多得科索沃足球教父 Fadil Vokrri！

　　2016 年 9 月，科索沃踢了歷史性的第一場正式國際賽，三年後，距離歷史性取得大賽決賽圈資格，只是一步之隔。不過，科索沃足球教父 Vokrri 在 2018 年往生，終年 57 歲，無緣見到國家隊的榮光時刻，惟主場館因而命名為 Fadil Vokrri 足球場，似乎英雄仍會在天上保佑國民福祉，足運亨通。

　　Vokrri 經歷過 20 年前的戰亂，2008 年科索沃宣布獨立（阿爾巴尼亞人和塞爾維亞人迄今依然勢不兩立），全國 180 萬人口，努力了八年時間，才能躋身國際足聯和歐洲足聯的大家庭 。他被委任為足協主席，總部位於首都普里什蒂納一隅，一開始，陋室只有兩個房間、兩張桌子、兩台電腦，沒有資源、沒有球員，可謂是徹頭徹尾的百無主恃。

　　「當時我們邊說邊走，父親對前景非常樂觀，甚至過分樂觀，不久他知道困難比想像中多，但他從來不談政治，因為足球是他的生命，足球排在首位。」33 歲長子 Gramoz 回憶從前。

Vokrri 在小城市 Podujeva 長大，位於科索沃北部、鄰近塞爾維亞，本來是南斯拉夫的一部分，也就是曾經生活在共產主義之下，時任領袖 Josip Broz Tito 獲萬人景仰。

科索沃的阿爾巴尼亞人，甚少以前南斯拉夫為榮，但南斯拉夫並沒有冷待他們。Vokrri 是首位代表南斯拉夫的科索沃阿爾巴尼亞人，1984 年在國家隊處子秀上陣，攻入唯一進球，可惜以 1:6 不敵蘇格蘭，三年來代表國家隊 12 次，打進六球。1986 年，他加盟 Partizan Belgrade，一年後奪得聯賽錦標，自言那三年是球員時代「最輝煌」的歲月。

可是，他錯過了加盟尤文的機會，因當時仍未完成兩年兵役，被迫強制拒絕報價，只能留在國內聯賽。1989 年，全家人決定離開南斯拉夫，他轉到法國聯賽的 Nimes。「當時，所有人都預期戰爭將在南斯拉夫爆發，只是不知道幾時開始。」Gramoz 說。一場內戰血流成河，至少造成 14 萬人喪生。

在科索沃，Vokrri 的樣子無處不在，影響力無遠弗屆，國腳被稱為「Children of Vokrri」。戰爭落幕後五年，Vokrri 由法國回到科索沃，2012 年瑞士對阿爾巴尼亞時，球場上有 15 人符合資格代表科索沃，他對兒子說：「比賽就像科索沃 A 隊對陣科索沃 B 隊。」本來，英超雙傑 Xhaka 和 Shaqiri 都可代表科索沃出賽，奈何陰錯陽差，慢了一步。

2014 年，科索沃獲國際足聯允許約戰旗下會員，但賽前不能播放國歌，Gramoz 淡然回應：「從妥協中前行，我們只想踢足球。」當 Vokrri 參與 FIFA 金球獎頒獎禮時，意味著科索沃的地位逐漸受到認同，他再謂：「當我們正式加入 FIFA，全國大肆慶祝，人人擠上街頭唱歌，就像贏得世界盃冠軍。」

2019 年 9 月，歐洲足協依然以國家安全為由，避免科索沃在正式比賽與塞爾維亞、波赫編為同組，而在世界盃資格賽跟烏克蘭交鋒時，也要移師波蘭中立場舉行。2020 歐洲盃是「集體負責制」，其中四個國家俄羅斯、羅馬尼亞、西班牙、阿塞拜疆拒絕承認科索沃的獨立地位。

每逢主場比賽，科索沃都歡迎任何人進場觀戰，每場預選賽都會派發 100 張免費門票給女觀眾，希望可以增加家庭客源。科索沃的國際賽門票，最快可在 15 分鐘內售罄。

現時 68 歲瑞士籍主帥 Bernard Challandes 去年 3 月接掌教鞭，同樣是慧眼識英雄的 Vokrri 委任。教父心臟病離世後，首都舉行全國性葬禮，甚至使民族大和解，連仇家塞維爾亞足協也派人出席。父親入土為安後，Gramoz 獲 Partizan Belgrade 邀請到塞國探訪，以表哀悼，暫時把國仇家恨放在一旁。

女子聯賽面面觀

文：老溫

　　女子足球近年在世界各地高速發展，不再只是北美、巴西、北歐和東亞部分國家的專利，本年夏天在法國舉行的女子世界盃決賽圈也取得空前成功和前所未有的高關注度。擁有健全的聯賽是足球發展的根本，所以世界各地的女子聯賽也愈來愈熱鬧，當中以美國、英格蘭、法國、德國、瑞典、日本聯賽為最有認受性。加上台灣運彩將於 2020 年開始設有美女足聯賽、英女超、法女甲、德女甲、瑞典女超、日女職甲和女子歐冠的比賽投注，讓球迷有更多動力關注這些精彩比賽。

　　美國在今年第三次舉起女子世界盃獎盃，也是公認的女足第一強國，故此早於 2001 年便成立全球首個職業女足聯賽 Women's United Soccer Association，雖然這個聯賽踢了三年便關門大吉，不過在 2007 年再設立另一個職業女足聯賽 Professional Soccer，直到 2012 年再改變為目前的國家女子足球聯賽（National Women's Soccer League），首屆賽事於 2013 年開打，有八支球隊角逐，最終由美女前鋒 Alex Morgan 率領波特蘭刺針（Portland Thorns）奪冠，翌年休士頓衝擊（Houston Dash）令參賽隊伍增至九隊。到了 2016 年，美國成立有 23 支球隊角逐的半職業次級聯賽 United Women's Soccer，雖說是次級聯賽，不過跟國家女子足球聯賽之間不存在升降級關係，其中一支國家女子聯賽始創球隊西紐約閃電（Western New York Flash）則在當時轉投 United Women's Soccer。幸好奧蘭多驕傲

（Orlando Pride）加入令聯賽保持九支球隊角逐。至於北卡勇氣（North Carolina Courage）和猶他皇家（Utah Royals）及後的加入，填補了波士頓碎花（Boston Breakers）在 2018 年解散的缺憾，令聯賽目前有 10 支球隊參賽。北卡勇氣在最近兩屆都壟斷聯賽和盃賽錦標，成為聯賽最成功的球隊。

　　歐洲方面，不少國家早於數十年前已經創立女子聯賽，不過時至今天仍然不是以職業形式進行。目前歐洲競爭力最強的聯賽是法女甲、德女甲、英女超及瑞典女超。女子歐冠則在 2001 年便成立，當時叫歐洲女子盃，直到 2009 年才更名。2019-20 年賽季的女子歐冠有 49 個國家的頂級聯賽冠軍球隊參賽，當中德國、法國等 12 個系數最高的國家可額外獲得第二個參賽名額，因此是合共 61 支球隊參賽。法國雖是系數第二位的球隊，不過法女甲班霸里昂卻以六次冠軍成為奪冠次數最多的球隊，最近四屆冠軍也是這支球隊包辦，而且里昂也正在法女甲挑戰史無前例的 14 連霸。至於德女甲則是獲得歐冠次數最多的聯賽，法蘭克福、波茨坦、沃爾夫斯堡和杜伊斯堡合共拿了九屆冠軍，當中以法蘭克福的四次為最多，她們也以七次冠軍成為德女甲最成功的球隊。可是法蘭克福的地位近年已被沃爾夫斯堡和新勢力拜仁慕尼黑女子隊取代，這兩支球隊近五個賽季囊括了冠亞軍。至於歐洲發展得最快的女足聯賽則是英女超，雖然她們只有九年歷史，不過已經能夠爬上系數的第三位。英女超跟英超一樣，由兵工廠、利物浦、切爾西和曼城四支球隊

壟斷，去年重奪冠軍的兵工廠以三次成為奪冠次數最多的球隊。而英超奪冠次數最多的曼聯，反而是在 2018 年才重組女子隊參與第二級別的英女冠，結果奪得冠軍升級，令英女超本賽季終於集齊「Big 6」球隊角逐。至於瑞典女超也曾經有 Umea IK 在 2003 和 2004 年兩度奪得歐冠，當時在巴西球后 Marta 的率領下成為歐洲女王。可是 Umea IK 在 2010 年開始改以青年球員為主，結果在 2016 年降級，直到今年終於在次級聯賽奪冠，在 2020 年重返瑞典女超。至於瑞典女超目前的王者則是馬爾默球隊 FC Rosengard，她們在本賽季重奪失落了三年的超級聯賽錦標，合共以 11 次冠軍成為瑞典女超奪冠次數最多的球隊。

至於亞洲女足聯賽層面則基本上是日本一枝獨秀。大和撫子聯賽早於 1981 年便成立，目前已發展成擁有 32 支球隊參賽的三級聯賽。日職聯成立初期是由三浦知良等國腳領軍的川崎讚賣雄霸武林，惟讚賣集團撤出、從川崎移居東京以及更名為東京綠茵後成績大不如前。不過他們的女子隊東京日視美人卻是一直稱霸女子聯賽，從 1990 年起已經奪得 16 次甲級聯賽錦標，包括剛完成史無前例的五連霸。東京日視美人今年 11 月將參與在韓國舉辦的首屆女子亞冠，與中國、韓國和澳洲的冠軍球隊一決高下，在更高的舞台證明日本女足在亞洲的領導地位。

（寫於 2019 年 11 月）

不完美，尚可接受，
仍可改善的女子亞冠

文：老溫

　　隨著亞洲球員和國家隊近年在歐洲足壇及世界盃有不俗的成績，亞洲足球的受關注度也漸次提高，亞冠的規模也是愈辦愈大。相比之下女子足球在亞洲的發展仍然有待改進，不過也開始看到希望。為了提升亞洲女子足球的整體實力，亞足聯和國際足聯在 2019 年 11 月便舉行首屆亞洲女子俱樂部錦標賽（俗稱「女子亞冠」），由於比賽僅屬試辦，所以首屆賽事只邀請東亞區女足較發達，同時擁有俱樂部聯賽的冠軍球隊參與，韓國則承辦首屆賽事，因此韓國、日本、中國和澳洲四國的聯賽冠軍球隊得以首度聚首於韓國比試。

　　四支參與首屆女子亞冠的球隊是日本大和撫子甲級聯賽冠軍東京日視美人、韓國 WK 聯賽冠軍仁川現代製鐵紅天使、中國女子超級聯賽冠軍江蘇蘇寧和澳洲 W 聯賽冠軍墨爾本勝利。賽事採取聯賽對戰形式進行，四支球隊分別踢完三場賽事後，總分加起來最多的球隊便是冠軍，總分排第二名的便是亞軍，如此類推。或許是因為四支球隊都不是職業球隊，所以基於財政因素考慮之下，需要在五天之內踢完三輪賽事，對球員的體力考驗更大。而且由於位於南半球的澳洲在 11 月是準備迎接夏天來臨，可是韓國的 11 月卻是開始變得很寒冷，加上從澳洲到韓國參賽需要耗費很長的交通時間，因此澳洲代表墨爾本勝利在這次比賽面對韓國球隊和日本球隊都以大敗告終，

所以主辦方在籌備舉行下一屆賽事時，應該在賽期上和財政上
提供更適合的調整和協助，才可以令賽事辦得更完美。

　　本屆賽事最終由東京日視美人奪冠，她們在首戰雖然只能
以 1:1 逼和江蘇蘇寧，表現也未如理想，可是在第二場賽事作
客地主國球隊仁川現代製鐵紅天使時回復水準，下半場由植木
理子和小林里歌子各進一球，以 2:0 取下關鍵勝仗。到了最後
一場賽事面對本屆賽事表現令人失望的墨爾本勝利，東京日視
美人踢得相當輕鬆，由田中美南連中三元，加上青年軍球員伊
藤彩羅和岩崎心南各進一球，以 5:0 大勝一場，確定以 2 勝 1
和不敗成績奪得冠軍，田中美南也以四球成為本屆賽事金靴獎
得主。至於江蘇蘇寧雖然在第二場賽事意外打和墨爾本勝利，
幸好在最後一場賽事由來自馬拉維的外援前鋒 Tabitha
Chawinga 梅開二度，以 2:0 擊敗仁川，以 1 勝 2 和不敗成績獲
得亞軍，1 勝 2 負的仁川則屈居季軍。

　　本屆賽事所有賽事都安排在位於首爾東南約 40 公里距離
的龍仁市舉行，雖然比賽是免費開放，可是由於宣傳並不足夠，
而且龍仁市本身沒有 K 聯賽和 WK 聯賽球隊，足球基礎相對
薄弱，令本屆賽事入場人數合共只有 1,296 人，每場半均只有
216 人進場，沒有地主隊仁川的其中兩場比賽的入場人數更分
別只有 80 和 85 人，令容量逾 3.7 萬人的龍仁市民公園球場更
顯冷清。反而是這次比賽所有賽事都可以透過亞洲足聯官方

YouTube 頻道收看直播及全場錄播，每場收看人次達 1.6 至 4.3 萬人次，可見這次賽事還是能吸引不少關注女足賽事的球迷收看，所以亞洲足聯往後若要再舉辦這項賽事的話，必須在宣傳和場地方面安排得更完善。

（寫於 2019 年底）

一個全英超都討厭的老闆

文：老溫

　　武漢肺炎期間，喜鵲紐卡索聯老闆 Mike Ashley 的放盤計劃如期進行，有望以三億鎊出售給沙烏地阿拉伯王儲 Mohammed bin Salman 的財團，13 年掌控換來至少 1.7 億鎊的利潤。不過，英國人幫理不幫親，即使他是英超少數的本土老闆依然不得人心，多年來占據「討人厭老闆」排名榜的首位。

　　今年 55 歲的胖子富商 Ashley，自 16 歲輟學，向家人借了一萬鎊創業，白手興家，目前身家約 22 億鎊，其運動產品王國 Sports Direct 在英國市占率仍然獨占鰲頭。可是，喜鵲在抗疫期間成為首支要求員工休無薪假的英超隊伍，Sports Direct 同時「趁火打劫」，把健身類用品一律加價 50%，難怪會被英國同胞口誅筆伐。

　　英國人看球注重人情味，討厭老闆把球迷當成顧客，偏偏 Ashley 一直把球隊當成一盤生意，甚少出現在主場館看球，與支持者關係疏離，統計顯示他出現在客場或中立場看球的次數，比主場更多。更甚的是，他很少公開談論足球事情，首次接受電視訪問，已經 2015 年降級生死戰前所做，意味著入主後八年才首次受訪談喜鵲。

　　聖詹姆斯公園是全英國第八大球場，建於 1892 年，歷史悠久，Ashley 三番四次要求改名，引火自焚，2011 年更試嘗把冠名權出售給財務公司，惹來民意激烈反彈，球迷又抗議又示

威。而且，他曾把童裝球衣的贊助位置，簽給賭球公司，視道德如無物，後來才被英超罰款叫停。

喜鵲被批評缺乏野心，由 Moussa Sissoko、Gini Wijnaldum、Demba Ba 到 Ayoze Perez 等主力，只要收到報價，也會很快賣掉，比起小球隊更加無視與球迷的關係。去年，球隊以 2,100 萬鎊簽下 Miguel Almiron 之前，隊史紀錄保持者是 2005 年的 Michael Owen，身價 1,600 萬鎊，可見 Ashley 一毛不拔到一個點，令人目瞪口呆。

這位胖子來到東北部後，第一個大動作舉措，就是在 2008 年 1 月委任前總教練 Kevin Keegan 回歸，取代 Sam Allardyce 掌舵。然而，這是聲東擊西的招數，因為 Dennis Wise 和 Derek Llambias 管理球員買賣，根本無意重建昔日輝煌，只是帶來小將，然後轉手賣走，導致 Keegan 心灰意冷，自覺被人利用，九個月後匆匆請辭，後來更要在法庭上追討 200 萬鎊遣散費。

人事管理上，Ashley 混亂不堪，比方說，居然向總教練 Alan Pardew 開出八年長期合約，又炒掉獲得球迷信任的總教練 Chris Hughton，令人莫名其妙。事實上，擁有豐富經驗的西班牙人 Rafa Benitez 經歷了先苦後甜的過程，帶隊升回英超後，總算與球迷重修舊好，但面對中超的報價，胖子再次快速讓主帥離開，袋袋平安。

　　值得一提，隊史進球王 Alan Shearer 當年不惜回來救亡，就算沒有好結果，也是喜鵲英雄，偏偏胖子不肯給他樹立銅像。抗癌鬥士 Jonas Gutierrez 在治病時被無情辭退，甚至只是打一通電話便算了，使 Ashley 的形象跌到谷底。13 年期間，喜鵲兩度降級，Ashley 曾經放盤失敗，相信三億鎊的報價足以打動其心。

（寫於 2020 年四月）

淺析美職聯兩支新軍

文：老溫

　　2020 年美職聯賽季在 2 月 29 日開打，隨著足球在美國愈來愈流行，本賽季再有兩支新軍加入，令參賽隊伍數量增至 26 隊。由於每支球隊只需要參與 34 場常規賽，而且處於同岸的球隊必須在常規賽對賽兩次，所以是首次出現有些對手是整個賽季都不會交手的情況，在職業足球界來說絕對是相當罕見。本賽季兩支新軍是來自佛羅里達州的邁阿密國際（Inter Miami CF）和來自田納西州的納許維爾 SC（Nashville SC）。由於邁阿密國際的其中一個老闆是貝克漢，所以比賽還沒開始，球隊已獲得廣泛關注。

　　邁阿密國際的建隊史可以從 2007 年貝克漢加盟洛杉磯銀河時說起，美職聯當年為了邀請貝克漢成為頭牌球星，所以除了讓貝克漢破例，不將他的薪金納入美職聯的薪金帽內，讓他仍然可以獲得巨額年薪，而且還讓貝克漢日後若希望在美職聯擁有一支球隊的話，只需要付出 2,500 萬美元便可。於是貝克漢在 2013 年結束球員生涯後，美職聯便邀請他啟用這福利，剛好貝克漢也有意成為球隊班主，因此聯合義大利富商 Alessandro Butini 和 NFL 美式足球隊邁阿密海豚的班主 Stephen Ross 等數名投資者，在邁阿密建立新球隊。經過四年時間籌備後，邁阿密在 2018 年落實於兩年後參與美職聯，並正式稱為邁阿密 FC。

　　邁阿密國際在貝克漢啟動自己的號召力之下，不僅吸滿全球球迷的眼球，也獲得不少商業利益，首先是他自己擔任球衣模特兒，令球衣在比賽開始前已大賣。而且在比賽開始前邁阿密 FC 獲得卡達航空一紙 1.8 億英鎊球衣胸部贊助費，比他們贊助巴塞隆納的 1.25 億英鎊（兩年）還要多。所以他們在尋找球員上並不手軟，在美職聯是主力級的門將 Luis Robles、中場阮李、前鋒 Juan Agudelo 都決定來投，至於不受薪資帽限制的球員則有去年協助墨西哥奪得中北美洲金盃賽冠軍的進攻中場 Rodolfo Pizarro，總教練則由前烏拉圭國腳 Diego Alonso 擔任，他曾率領 Pachuca 奪得墨西哥超級聯賽冠軍，以及率領另一支墨西哥球隊 Monterrey 在去年的中北美洲冠軍聯賽封王。因此雖然邁阿密國際沒有世界級球星壓場，還是擁有足夠戰鬥力的球隊。

　　至於納許維爾 SC 則是平民球隊，當地近年都有球隊參與業餘級別的次級聯賽 NPSL，只是在 2016 年的時候由於美職聯開放新球隊特許經營權申請，因此納許維爾市民在當地財團，包括 NFL 美式足球隊明尼蘇達維京人的班主 the Wilfs 支持下建立納許維爾 SC，並於 2017 年正式獲得特許經營權。由於是平民球隊，所以納許維爾 SC 除了在知名度上遠不及邁阿密國際，球員質素也是比較平庸，縱然球隊有不少球員是擁有多年美職聯經驗，比如是門將 Joe Willis、後衛 Jalil Anibaba、中場 Dax McCarty 和前鋒 David Accam，不過湊在一起也難以寄予

厚望。他們唯一擁有的薪金帽外球員也只是前德國青年軍中場，只有 10 場德甲經驗的 Hany Mukhtar。因此縱使找到曾率領科羅拉多激流奪得 2010 年美職聯總冠軍的英格蘭籍教頭 Gary Smith 任總教練，也難以寄予厚望，恐怕成為西岸榜末球隊的機會很高。

（寫於 2020 年 3 月）

25 年前的 13 名英超外援

文：鄭湯尼

新一輩的英超球迷無法想像，外援氾濫的英超，在首個賽季時卻只有 13 名外援——即非英國或愛爾蘭球員。除了大帝 Eric Cantona 之外，大家仍記得他們嗎？

Eric Cantona（里茲聯）

當時的法國國腳 Cantona 初到英格蘭，目的地是里茲聯，並在慈善盾（即社區盾）對利物浦時上演帽子戲法，令人印象深刻。然而，他與總教練關係緊張，面和心不和，弗格森爵士乘虛而入，抱走後來的大英雄。Cantona 是「七小福」時代的大哥，1997 年急流勇退，哪怕曾經對球迷施展「穿心腳」被罰停賽。至今他仍是隊史最受歡迎球員之一。退役後 Cantona 已轉型為演員。

Andrei Kanchelskis（曼聯）

以英超初期的外援比例來說，曼聯所用的外援數目著實不少。俄羅斯閃電飛翼 Kanchelskis 曾經是雙翼齊飛的保證，與左路的吉格斯把 4-4-2 陣式發揮得淋漓盡致，弗爵爺甚至破格地在板凳上允許俄語翻譯列席。然而，一個人初出茅蘆，潛質優厚，而且長得帥，Kanchelskis 在 1995 年卻被放走（其後被揭發與賭癮有關），取而代之的是萬人迷貝克漢。

Peter Schmeichel（曼聯）

丹麥門神 Schmeichel 是九十年代英超最偉大的門將，先後為紅魔贏得五次英超錦標，成為王朝重要的基石。擅長撲救單刀球，1999 年完成三冠王美夢後離隊，先後加盟曼城和阿斯頓維拉，現在成為球評家。有趣的是，Schmeichel 的兒子卡斯帕繼承父業，雖無緣效力紅魔，但率領萊斯特城捧起「千年一遇」的英超冠軍，父虎無犬子，頓成一時佳話。

John Jensen（阿森納）

在 1992 年的歐洲國家盃，丹麥寫下美麗的冠軍童話。隨後多名國腳四散，John Jensen 選擇加盟阿森納。事實上，英超初期，北歐外援是最大勢力。踢法硬朗的 Jensen，為兵工廠上陣 139 場，只是踢進一個進球，無緣英超冠軍，但也贏得足總盃和聯賽盃，目前執教丹麥球隊 Fremad Amager。

Anders Limpar（阿森納）

瑞典翼鋒 Limpar 是前英超時代的「遺產」，為阿森納捧起 1990-91 年度賽季的英甲冠軍，後來與總教練格拉漢姆的關係轉差，逐漸被邊緣化。在英超的首個賽季，也是他在兵工廠的最後一個賽季。1994 年，他加盟埃弗頓，轉眼三年，爆冷為球

隊在足總盃決賽擊敗曼聯，同時為筆者贏得一瓶可口可樂。他在英倫的最終站是伯明翰，退役遠離足壇，長居斯德哥爾摩，經營房地產和餐廳。

Robert Warzycha（埃弗頓）

波蘭快馬 Warzycha 於 1991 年以 50 萬鎊的「高價」離開 Gornik Zabrze，成為太妃糖埃弗頓的一分子。同時意味著當時球隊戰術思維出現微妙的變化。記得他的球迷不多，原因是這位翼鋒的高光歲月太過短暫，像流星一樣劃過夜空，第二輪作客紅魔時憑個人之力，撕破防線，領軍大破最後冠軍三球。可惜在 1993-94 年度賽季他就離隊，只能在在匈牙利和美國度過職業生涯尾聲，退役後執教過美職聯的哥倫布機員。

Gunnar Halle（奧爾德姆）

正如前文提到，北歐外援當時深受英超球隊歡迎，挪威鐵衛 Halle 被譽為奧爾德姆的最佳外援之一，效力五年，直至 1996 年轉投里茲聯。他的表現令不少主帥以後對挪威外援充滿信心。離開英超多年的奧爾德姆，當時是一匹黑馬，惜降級後被財政危機拖累，一沉不起。Halle 低調地過活，目前任教挪威 U17 小國腳，看看未來會否成為大國腳的總教練。

Ronnie Rosenthal（利物浦）

以色列外援在英超向來寥寥無幾，想不到英超元年已有代表，他就是利物浦的 Rosenthal。他是 1990 年至 1994 年的紅軍主力，輾轉效力過熱刺和沃特福德，速度奇高，可是對賽維拉時面對 100% 空門，居然打中門楣，成為經典笑話，至今仍能在 Youtube 上重溫。退役後回到國內，擔任目前賺錢最快的行業——足球經紀人。

Michel Vonk（曼城）

荷蘭高大中衛 Vonk 名氣不大，但在 1992 至 95 年為曼城上陣超過 100 場，身價達 50 萬鎊，與 Keith Curle 組成穩健的中路組合。後來轉投奧爾德姆和謝菲爾德聯，最終回到荷蘭掛靴。諷刺地，Vonk 從未代表過國家隊，這一點也確實反映當時的英超水平不高——不少國家隊主帥都不希望球員前往英超發展，認為是事業倒退的跡象，與目前的現象剛好相反。

Craig Forrest（伊普斯維奇）

加拿大門將 Craig Forrest 的國際賽生涯長達 14 年，把 12 年青春貢獻給伊普斯維奇。上陣超過 300 場，也效力過切爾西

和西漢姆聯等，目前是北美資深電視台評論員，一度與癌魔搏鬥，最終打低病魔。

Jan Stejskal（女王公園巡遊者）

1990 年世界盃，門將 Stejskal 代表尚未分裂的捷克斯洛伐克國家隊出戰。初到英超，語言不通，後來憑實力獲得正選，代表作是打敗曼聯和利物浦，直至 1994 年衣錦榮歸，退役後成為國家隊守門員教練。

Roland Nilsson（謝菲爾德星期三）

瑞典右後衛 Nilsson 在 1993 年出戰足總盃和聯賽盃決賽，惜雙雙鎩羽而歸，不敵阿森納，目前是瑞典 U21 總教練。

Hans Segers（溫布頓）

荷蘭守門員 Segers 曾在熱刺擔任教練，1997 年被指控涉嫌打假球，最終被判無罪釋放。

有一種無形劍叫：「肖像權」

文：鄭湯尼

　　炎炎仲夏，阿根廷前鋒 Paulo Dybala 炙手可熱，尤文欲放人，球員想走人，但卻多番阻滯，歸根究底，原來被一把「無形劍」頂住頸項，它叫做肖像權（Portrait Right/Image Right）。

　　被視為梅西接班人的 Dybala 於 2016 年前被經紀人 Pierpaolo Triulz 說服，把肖像權賣給一間馬爾他公司，簽下 10 年長期合約，這是惡夢的開始。當時，阿根廷人加盟老婦人不久，竟然不知新公司的玩法，只怪自己太信任經紀人，因合約規定日後的新東家必須拿出 4,000 萬歐元，才能購入其 100% 肖像權，以夏天各隊的開價計算一下，這筆費用等於轉會費的一半，怎能不嚇怕新東家？

　　25 歲的 Dybala 不久知道闖禍，於是急急換上親兄為經紀人，並在本年 2 月與前經紀決裂，問題是合約不能改，於是被馬爾他公司告上體育仲裁法庭，要求收回 4,000 萬歐元才能解約，雙方當然無法達成共識。任何球隊如果得不到球員的肖像權，等同割裂一切商業活動，包括官方商品，最壞情的情況是完全「消失」，損失之大，豈能用金錢計算出來。

　　其實，那所馬爾他公司 Star Image，背後作主人正是 Dybala 的前經紀 Triulz，8 月分獲悉曼聯有所行動後，更去信警告對方，必須拿出 4,000 萬歐元，才能平息風波。然而，類似的風波近年在歐洲足壇不斷發生，曼聯中場 Paul Pogba 於 2012 年

把將肖像權出售給摩洛哥人，年期為 17 年，起初答應給予 500 萬歐元，但最終只肯支付 100 萬歐元。

當時名氣不大的 Pogba，要把肖像權收入全歸對方，每年只收到 3.3 萬歐元回報，隨後在經紀人協助下，告上法庭，最終不得要領，直至 2015 年才能用 1,000 萬歐元回歸，但這個價錢肯定不是每個球員都負擔到。這個情況有點像韓國娛樂圈的生態，當球員成名前，只要有人肯付出一點金錢收購肖像權，大都自動簽約，不問詳情，往往埋下萬劫不復的導火線。

球員成名後，靠「樣貌」吃飯，Neymar 花四小時為豐田拍的廣告，報酬是 55 萬歐元，就算不是國際級別的墨西哥零食公司，也有 10 萬歐元。巴西人擁有自己的 100%肖像權，錢全部進口袋，去年 35 份贊助合約，收入近 2,000 萬歐元，簡單而言，就算他明日退役，也能安享晚年。

2018 年俄羅斯世界盃，埃及足協未得到利物浦球星 Mohamed Salah 同意，擅自將其照片印在國家隊專機，但照片是由埃及國家隊贊助商 WE 提供，變相為足協做廣告。然而，Salah 是 Vodafone 的代言人，同時 WE 又是 Vodafone 的競爭者，因此其經紀馬上向足協嚴正抗議，雙方一度互不退讓，直至政府出面，才能平息風波。

懂得肖像權遊戲的球隊不多，皇家馬德里是其中之一，2000 年葡萄牙球星 Figo 加盟時，90%肖像權屬於球隊，即使

年薪達到 900 萬美元，但每年可為球隊帶來 2,000 萬美元收入，球隊還是有利可圖。正如 Zidane 退役前，皇馬同樣擁有 90% 肖像權，總共為他們帶來 1.2 億歐元收入，所以他們從來不招其貌不揚的球星，這就是重點。

如何解決肖像權帶來的爭議？似乎沒有。最近，義甲的拿玻里與荷甲的恩荷芬，已達成 4,200 萬歐元轉會共識，本來可購入墨西哥國腳 Hirving Lozano，卻因肖像權而可能壽終正寢。球隊老闆表明所有新援，必須把 100% 肖像權出售給球隊，惟 Lozano 的經紀堅拒不從，傳出雙方要就長達 60 頁的合約慢慢談，可能談到轉會窗關閉也談不完。這把無形劍，既可傷人，也會傷己。

擺脫打壓後展翅的科索沃

文：鄭湯尼

　　位於歐洲東南部巴爾幹半島國家科索沃，自從南斯拉夫內戰後，一直因為飽受戰火摧殘為世界所認識。不過他們的足球隊後來成績相當不錯，縱然曾作客不敵英格蘭，卻已經在之前創出 15 場比賽不敗的紀錄，甚至一度有機會打進 2020 年舉行的歐洲盃決賽圈，讓人不再把他們視為「魚腩部隊」。

　　科索沃在 2008 年終於擺脫他們非常憎恨的塞爾維亞獨立，可是由於塞爾維亞向國際社會施壓，令科索沃獨立不獲國際社會普遍承認，因此沒能加入歐洲足聯和國際足聯，只能以地區球隊名義參與國際足聯不承認的比賽。到了 2012 年，多名參與其他歐洲國家隊的科索沃裔球員，包括阿爾巴尼亞隊長 Lorik Cana、瑞士國腳 Xherdan Shaqiri、Granit Xhaka 和 Valon Behrami 等人聯署致函予時任國際足聯會長 Sepp Blatter，要求讓科索沃參與友誼賽。不過由於塞爾維亞足聯的強烈反對，令科索沃到了 2014 年才獲國際足聯開綠燈，在 2014 年 3 月 5 日首戰對中美洲球隊海地，結果以 0:0 握手言和。雖然後來兩場比賽面對土耳其和塞內加爾都是大敗而回，不過到了第四場比賽就以 1:0 擊敗阿曼，這麼快便取得國際賽首場勝利也算是不簡單。

　　到了 2015 年 9 月，科索沃終於獲歐洲足聯投票通過接納為會員國，2016 年 5 月 13 日亦獲國際足聯投票通過成為會員國，自此科索沃國家隊可以參與歐洲盃和世界盃賽事，所屬球

會也可以參與歐冠和歐足聯盃，這時科索沃代表隊已經踢了七場比賽，成績是 2 勝 2 和 3 負。國際足聯規定只要有新成員國加入，若有球員能夠證明擁有該國戶籍或祖先擁有該國血統，縱使之前為其他國家踢過世界盃或歐洲盃等 A 級賽事也可以「轉會」。由於科索沃在國際足壇只是小角色，所以 Shaqiri 和 Xhaka 等國際級球星當然不會選擇「回歸祖國」，只有踢過多支義甲球隊的前阿爾巴尼亞國腳門將 Samir Ujkani、踢過德甲球隊紐倫堡的前瑞士國腳 Albert Bunjaku 和本賽季效力拉齊歐的前挪威國腳 Valon Berisha 等少數擁有五大聯賽經驗的球員願意轉投科索沃國家隊。

畢竟科索沃仍然是相當弱小的足球國家，所以首次參與國際大賽的成績相當不濟。在 2018 年世界盃資格賽中，他們首戰便作客以 1:1 打和芬蘭，可是隨後九場資格賽面對克羅埃西亞、烏克蘭、土耳其、冰島和主場迎戰芬蘭全部落敗，在小組敬陪末席。瑞士籍教練 Bernard Challandes 在世界盃資格賽後上任，將球隊改為以年輕球員為主軸，成績大有進步，先在 2018 年的歐洲國家聯賽以 4 勝 2 和不敗成績，壓倒阿塞拜然、法羅群島和馬耳他成為 D 級聯賽第三組首名，下屆賽事獲提升到 C 級聯賽與更強的對手較量。然後科索沃在 2019 年 3 月的友誼賽打和丹麥，以高昂的士氣參與歐洲盃資格賽，首四場賽事取得 2 勝 2 和，令這支只以最低的第五級別身分參賽的國家隊不

再被視為弱者。由於科索沃在歐洲國家聯賽獲得小組首名，按照新規則就算在歐洲盃資格賽的成績如何，也可以參與附加賽。

遍布全球的紅牛足球隊

文：鄭湯尼

能量飲料品牌紅牛（Red Bull）近年非常積極投資在不同運動項目，在足球、賽車、電競、冰上曲棍球和划艇界都有以紅牛命名的隊伍。兩支擁有紅牛背景的足球隊 RB 萊比錫和薩爾斯堡本賽季更在歐冠分組賽一起上場，結果在首戰都能旗開得勝。除了這兩支來自德國和奧地利的冠軍級球隊，「紅牛隊」也在巴西、美國和迦納都有球隊，雖然成績沒有萊比錫和薩爾斯堡那麼厲害，卻也能在所屬地區擁有一定的影響力。

在國際知名度上緊隨萊比錫和薩爾斯堡之後的「紅牛隊」，肯定非紐約紅牛莫屬。紅牛集團於 2006 年收購在美職聯征戰了 10 年的紐約/紐澤西都會星隊後，將球隊名稱、隊徽和球衣全部改變，成為一支全新的球隊。紐約紅牛在 2007 年羅致曾效力阿斯頓維拉的哥倫比亞前鋒 Juan Pablo Angel，翌年便首次晉身美職聯決賽，可是最終不敵哥倫布機員與冠軍擦身而過。後來紐約紅牛在「貝克漢條例」實施後立即大灑金錢羅致冠軍級球星，包括 Thierry Henry、Tim Cahill、Shaun & Bradley Wright-Phillips 兄弟，可是還是沒能一圓冠軍夢。上述球星當中目前只有名氣最小卻表現最佳的 Bradley Wright-Phillips 仍然留下來，而且在本賽季很有機會打進季後賽，繼續為爭取成為總冠軍而努力。

巴西是公認的足球王國，所以紅牛集團沒有錯過在這片土地立足的機會。他們在 2007 年成立設在聖保羅省的巴西紅牛

隊，不過這一支球隊並沒有像上述三支紅牛隊一般以成為頂級強隊為目標，只在聖保羅省聯賽角逐。巴西紅牛在 2009 年贏得聖保羅省第四級聯賽冠軍，到了 2014 年更贏得聖保羅省第二級聯賽冠軍，從 2015 年起征戰聖保羅省甲級聯賽。他們也在 2014 年有機會加入巴西丁級聯賽，可是在附加賽落敗。不過巴西紅牛在本年開始換了跑道，他們與巴乙球隊 Bragantino 達成合作協議，本年 Bragantino 仍然以本名參賽，只將球衣胸前廣告更改為紅牛集團的標誌。不過從下年度開始巴西紅牛將與 Bragantino 正式合併，並更名為 RB Bragantino，看來是正式計劃稱霸巴西聯賽的第一步行動。

紅牛集團也曾經在西非國家迦納投資足球，位於迦納東南部城市 Sogakope 的迦納紅牛在 2008 年成立，在翌年便升上迦納第二級聯賽，可是只維持了四年便回到第三級聯賽，一年後更因為紅牛集團將球隊出售，新老闆將迦納紅牛與設於當地的費耶諾德足球學校合併，並更名為西非足球學校，令迦納紅牛只生存了六年便成為歷史。曾經率領利物浦贏取歐足聯盃的法國籍教練 Gerard Houllier，當時便以紅牛集團體育總監身分管理紅牛集團的數支足球隊，據稱 Houllier 提及過迦納紅牛所處的地區與該國大城市距離太遠，加上紅牛飲料在迦納不太普及，令紅牛集團決定退出在迦納的足球業務。

他們退得太早了！

文：鄭湯尼

　　前西班牙國腳 David Villa 宣布踢完 2019 年的日職賽季後便高掛球鞋，回到紐約當球隊班主了。雖然他在 12 月的時候將迎接 38 歲生辰，不過本賽季還能進了 12 球，所以其實是還能至少多踢兩至三年，實際上也算是提早退役了。國際足壇以往也不乏提早離開的球星，Eric Cantona、中田英壽、Carlos Roa、和 Juergen Klinsmann 都是因為不同的原因而提早告別職業足球，而且他們在退役的故事也相當有趣。

　　曾經因為飛踹球迷而被罰停賽接近一年的前曼聯隊長 Eric Cantona，也因為這件事而在 28 歲的時候已經退出法國國家隊，後來「大帝」專心為曼聯建功立業，不過在 1997 年夏天，剛過了 31 歲生辰的時候就坦言對職業足球再沒有熱情，因此突然退役。不過他沒有離開足球，反而是轉戰沙灘足球，從 1997 至 2006 年以球員兼教練身份代表法國沙足隊上場，2006 年後則專心執教法國沙足隊，2011 年離開後到了紐約為紐約宇宙隊擔任足球總監。同時大帝也發展演藝事業，退役後接拍了 25 部電影和三部電視劇。因此縱然他錯過了率領曼聯奪得歐冠的機會，也絕不後悔。

　　中田英壽也是另一位對職業足球失去熱情，所以在壯年之時便選擇離開的球員。早於 2015 年的時候，中田英壽已經考慮提早離開，當他在 2006 年夏天以隊長身分率領日本第三次征戰世界盃決賽圈後，便認為自己是時候離開了，當時他只有

29 歲。不過他只是不再踢球而已，退役後仍然以各項大使身分活躍於日本球壇，到了 2017 年更成為國際足球評議會成員，為足球改革謀求方向。當然他在足球以外的世界更精彩，沒有了職業足球員身分的中田英壽，反而在模特兒界更吃香，而且透過在模特兒界的人脈開辦時裝品牌，亦因為喜歡日本清酒而創立相關品牌。目前只有 42 歲的他可說是典型的高富帥和人生勝利組。

相比起 Cantona 和中田英壽，Carlos Roa 的提早離開則是相當有趣。Roa 於 1998 年世界盃決賽圈協助阿根廷擊敗英格蘭，翌年也協助馬約卡贏得西班牙盃。可是這名基督復臨安息日會的信徒卻因為相信 1999 年將是世界末日來臨的日子，所以 30 歲的他在還有兩年合同的狀況下突然宣布退役，以便迎接末日來臨。末日當然沒有來臨，所以他 2000 年便回到馬約卡履行餘下的合同，可是接近一年沒踢球的他狀態大不如前，不僅沒能再為阿根廷上場，而且只能在西班牙次級聯賽球隊混下去，直到 2006 年才真正退役，後來一直跟隨前國家隊隊友 Matias Almeyda 到多支球隊擔任守門員教練。

德國傳奇前鋒 Juergen Klinsmann 也是在比較年輕的時候便選擇退役，他在 1998 年世界盃以隊長身分率領德國隊踢進八強賽，世界盃結束後便決定引退，相反後來跟他不和的前隊友 Lothar Matthaeus 在兩年後才以 40 歲之齡高掛球鞋，因此

「金色轟炸機」的提早退役令人感到惋惜。Klinsmann 退役後定居美國，及後專心在教練方向發展，後來也回到德國率領國家隊征戰 2006 年世界盃，也當詔拜仁慕尼黑和美國國家隊主帥，不過縱然是執教拜仁期間，他也是留在美國的時間比較多。另外他也在 2014 年獲得直升機駕駛執照，甚至可以成為商用直升機的司機。

溫顧知新：英超如何誕生

文：鄭湯尼

　　討論政治，必須建基於歷史事實。不讀歷史，便對政治題議侃侃而談，等於在空中興建亭台樓閣，予人泛泛空談之感。全球最多人觀看的英超，究竟當年誕生的過程是怎麼樣？為何當初英甲要升格為英超？我們也許遺忘了，不如現在就開始溫顧知新，認識一下英超的歷史。

　　時勢造英雄，還是英雄造時勢，恐怕是永無休止的爭論，末代英甲的三支降級隊伍之中，目前僅得西漢姆聯有力重返頂級聯賽，而諾茨郡和魯頓自從在 1992 年離開之後，便未能再嘗過頂級聯賽的滋味。回到 1888 年，英格蘭史上首屆聯賽誕生，當時僅得 12 支球隊參與，普雷斯頓是當屆冠軍。乙級和丙級聯賽分別於 1892 年和 1920 年面世，但直至 1958 年丁級聯賽也進入足總的聯賽框架之內，全部實行升降制度，這一完善體制也被全球各國爭取仿傚，並加以改良。

　　時移世易，由 1975 至 1986 年，英格蘭聯賽的上座率狂跌逾 30%，受歡迎程度曾被英式撞球所超越，究其原因是當時肆虐球場的足球流氓，導致一般觀眾望而卻步。其次，當英國人的生活水平改善，慢慢覺得球場是「不宜久留」的地方，場內彌漫著啤酒味、香煙味，夾雜著汗臭，食物味道奇差，父母怎會放心攜同孩子一起到球場看球？阿森納著名球迷 Piers Morgan 憶述：「以前的球場實在令人作嘔，肉派的味道非常難吃，而且常有打架發生。」

1979 年，英國「鐵娘子」柴契爾夫人上台，哪怕丈夫是高爾夫球手，兒子是板球手，但她對運動毫不感興趣，終在 1985 年正式與足球流氓開戰。1985 年 3 月，盧頓和作客的米爾沃爾球迷上演全武行，造成 47 人受傷。甚至連警察也遭到襲擊，柴契爾夫人急召英格蘭足總和聯賽負責人進行危機會議，首先要求管理組織承擔球場保安責任，同時要求各隊加裝閉路電視。同年 5 月，布萊德福特球場發生火災，香煙點燃起木製的看台，大火迅速蔓延，最終導致 56 人死亡，受傷人數超過 260 人。

禍不單行的是，同年 5 月 29 日發生海塞爾慘劇，利物浦與尤文在布魯塞爾爭奪歐冠錦標，雙方球迷爆發激烈衝突，導致 39 人身亡，柴契爾夫人在歐洲足聯做出處罰前，率先「行動」——英格蘭球隊自行退出所有歐洲賽事，之後再通過球場禁酒令，球隊老闆叫苦連天。到了 1989 年 4 月 15 日，震驚全球的希爾斯堡慘劇發生，96 名利物浦球迷死亡，英國議會委任大法官進行調查，結論是要把球迷當作顧客，盡快改善「服務質素」。

足球流氓是遠因，電視大戰就是催化劑。上世紀八十年代，BBC 和 ITV 壟斷英格蘭足球賽事直播，有助降低轉播費用，直至英國天空體育橫空殺出，推出收費式轉播，每年轉播費提升至 2,500 萬英鎊，打破舊有局面。最初，ITV 高層 Greg Dyke（前英足總主席）游說當時英超 Big 5（曼聯、利物浦、阿森

納、埃弗頓和熱刺），表明會給他們好處，之後再說服西漢姆聯、紐卡索聯、阿斯頓維拉、諾丁漢森林和謝菲爾德星期三，當時 10 隊合稱為「ITV Ten」。然而，英甲對 Dyke 企圖進行內部分裂大表不滿，最終確定同時與 ITV 和天空體育達成四年協議，作價 5,300 萬鎊，Big 5 私下獲得保證將得到更多直播。

內訌持續，Big 5 退出足球聯賽，其他英甲球隊紛紛響應，決定自立門戶。經歷一波三折，1991 年 4 月，「英超」的計劃誕生，英足總表態支持，5 月與 22 支球隊會面，確定新聯賽將於 1992-93 年的賽季揭幕。翌年 2 月，塵埃落定，英超創始球隊包括阿森納、阿斯頓維拉、切爾西、科芬特里城、水晶宮、埃弗頓、里茲聯、魯頓、利物浦、曼城、曼聯、諾里奇、諾丁漢森林、諾茨郡、奧爾德姆、女王公園巡遊者、謝菲爾德聯、謝菲爾德星期三、南安普頓、托特納姆熱刺、西漢姆聯、溫布頓，但降級的三隊會被升級馬布萊克本、米德斯堡和伊普斯維奇取代。

英超董事會的所有決定必須由英超球隊集體表決，每隊一票，超過三分之二才能通過，藉此打破昔日的壟斷局面。由於 ITV 的轉播合同於 1992 年屆滿，5 月分新合約投票之前，大膽開出五年 2.62 億鎊報價，比天空體育與 BBC 的聯手的價格更高。經過多方大戰後，天空體育與 BBC 聯合提高報價，五年達到 3.04 億鎊！

　　當時天空體育只是每年轉播 60 場，BBC 製作《比賽日》的節目版權，海外轉播收入預計僅得 4,000 萬鎊，贊助收入為 5,000 萬鎊，與現在是天與地之別。值得紀念的大日子，1992 年 8 月 15 日，英超首輪點起狼煙，紅魔曼聯取得首個冠軍，為佛格森爵士揭開王朝序幕，意味著足球正式踢進了商業化的金元世界，沒有人能夠獨善其身。也許，有些人對現代足球嗤之以鼻，但沒有當年的商業推手，今天英超又會是何模何樣？

格子軍團的前世今生

文：鄭湯尼

十年生死兩茫茫，南斯拉夫內戰由 1991 年 3 月 31 日至 2001 年 11 月 12 日結束，長達 10 年，估計死亡人數至少 13 萬，超過 400 萬人流離失所，有家歸不得。克羅埃西亞的獨立戰爭耗時 4 年 7 個月零 12 日，死亡或失蹤數字接近 1.6 萬人，逾 22 萬人被迫離開家園，數字很冰冷，但當知道 Vedran Ćorluka、Dejan Lovren、Mateo Kovačić 和 Luka Modrić 等也身在其中，你恐怕會變得熱血沸騰，甚至驚覺戰火原來那麼遠、這麼近。

共墮歷史漩渦

紅星主力 Dragan Stojkovic 走下球員通道，踏上草皮，準備熱身時，卻發現四周圍不對勁，馬克斯米爾球場湧進很多人，但他們的目標不像是為了觀看比賽。時間是 1990 年 5 月 13 日，地點是札格雷布。無錯，Stojkovic 就是塞爾維亞名宿，曾擔任日聯名古屋鯨魚總教練，現任廣州富力主帥。

當年，那場比賽是甲級聯賽，札格雷布迪納摩大戰貝爾格勒紅星，那時候，南斯拉夫聯賽不設打和，法定時間 90 分鐘握手言和，馬上要用十二碼決定勝負，「絕不講和」的個性深深藏在血液中。勝方得 2 分，十二碼獲勝的得 1 分，只要是輸球，就算十二碼輸球，也是「一無所有」。

和平太難，札格雷布的極端球迷組織叫 Bad Blue Boys（簡稱 BBB），紅星的極端球迷組織叫 Delije。賽前幾小時，雙方

球迷已經在街道上展開巷戰，真拳腳、真武器，火藥味由球場外蔓延到球場內。作客的球迷 Delije 超過了 3,000 人，可以想像破壞力驚人，表明要取死對頭 Franjo Tuđman 之命，並在看台上高呼：「札格雷布是屬於塞爾維亞的！」

Tuđman 一年前建立克羅埃西亞民主聯盟，賽前贏得大選，成為克國首位總統，直至 1999 年離世。這種民族矛盾，導致戰事一觸即發，對足球流氓而言是完美的衝突藉口。Delije 的歌曲仍未完整地唱完，已有人開始拆掉球場的分隔板，作為攻擊武器，主隊的 BBB 不甘示弱，從通道衝向主隊看台，零距離肉搏，拳腳相向。

混亂中，一名黑衣男子不幸跌倒在地上，敵對陣營的一擁而上，把他按在地上狂揍，那男子已經不動，甚至毫無反應，仍有人上前出腳。失控的全武行一發不可收拾，電視台全程直播，觀眾可能想問，究竟是足球賽抑或搏擊賽？保持沉著的 Stojkovic 見勢色不對，立馬呼喚隊友跑回更衣室，「靠北的看台最早出事，我看到有人衝進球場，麻煩很大。」

他是民族英雄

BBB 翻過金屬柵欄，打算衝進球場，其中有人被警員擊中，但人數愈來愈多，寥寥無幾的警員放棄揮舞警棍，似在袖手旁觀，這是現實衝突與紙上談兵的反照。BBB 打算攻擊紅星的球

員，可幸的是，客隊職球員早已返回更衣室，闖進球場的人數慢慢增加，警員短時間內成功增援，展開大反擊，逃跑時倒下的球迷就肯定要受盡皮肉之苦。

一名札格雷布球員看不慣，認為警員對待球迷太暴力，站在高牆的對立面，試圖保護雞蛋，衝向那個沒戴頭盔的警員使出「穿心腳」，那球員就是 Zvonimir Boban，一年後，加盟義甲勁旅 AC 米蘭，後來成為世界級球星。然而，他在當時的襲警事件後，被重罰禁賽半年，白白錯過 1990 年世界盃，換來美好的結局是成為克羅埃西亞民族英雄。

作為札格雷布主力守門員，Dražen Ladić 是當年全武行的親歷者，五個月之後，他再一次站到馬克斯米爾球場。這一次，他代表的是格子軍團，還未正式獨立的前提下，上演了一場特殊的非正式比賽，也是克羅埃西亞歷史上的第一場比賽。2018 年，Ladić 已成為國家隊助教，再一次目睹祖國打進世界盃四強，與 20 年前自己擔任門將時不一樣，格子軍團笑到最後，加時逆轉英格蘭，破天荒殺進了王者之戰。眼下，新一代的國腳命途多舛……

尤文大將 Mario Mandžukić 實而不華，意志堅定，本屆世界盃贏盡口碑，甚至令人懷疑拜仁慕尼黑當初錯放瑰寶。1992 年，小 Mandžukić 走進 Ditzingen 青年軍，這是位於德國斯圖加特西北約 10 公里的小鎮，全鎮最高的建築物是教堂，人口

僅兩萬餘，地圖上也不易找到那一豆大的丁點。他不是在 Ditzingen 出生，祖宗與此地也無任何關係，移居當地只因渴望安居樂業，簡單過日子。

平民間的干戈

其時克羅埃西亞不幸地陷入了南斯拉夫內戰，各派系大打出手，為的不只是主權和土地，同時牽涉宗教信仰和文化衝突，以致大量平民身受其害。東正教的塞爾維亞人，天主教的克羅埃西亞人，波士尼亞的穆斯林教徒，置生死於度外，和平一下子消失，鄰居也會突然變成「連環殺手」。和睦的鄰里關係不再，人與人之間失去信任，人們為了逃離戰火，唯一可做的就是離鄉別井。

回首格子軍團的世界盃陣容，一半國腳的童年經歷內戰，Luka Modrić 曾在難民營住了七年；守將 Vedran Ćorluka 離開家鄉戴爾文塔，遷移到相對瓦全的札格雷布；Dejan Lovren 與 Mandžukić 一樣，年幼隨家人搬到德國，安頓在大城市慕尼黑；中場 Mateo Kovačić 未忘祖國的語言，其實他是在奧地利東北部的 Linz 出生。

1985 年，小 Modrić 出生在克羅埃西亞的 Zaton Obrovački，位於 Zadar 的北部，不過是一條小村子。1991 年進入戰爭狀態，老父參軍，為國賣命，塞爾維亞人則在掀起新一輪革命，狠下

毒手殺死了 Modrić 的祖父，燒毀了多間房子。很多人不知道，這位世界盃最佳球員當年慘成難民，身材瘦骨嶙峋，可能同當年吃不飽、穿不暖有關。

小時候，他只能與伙伴在停車場踢球，因足球而得到短暫快樂，長大後從足球找到自己的事業，輾轉出國效力，由熱刺到皇馬，踏上巨星之路。時至今日，Modrić 接受任何媒體訪問，也甚少提及童年回憶，更不願意被問起當年對戰爭的印象，特別是家人到底是如何挺過來，媒體唯有旁敲側擊，從其兒時玩伴或教練打聽一二。

每早聽到炮火聲

「當地的戰線都是民兵之間的對壘，沒有政府軍或反對派。」比起 Modrić，克羅埃西亞前國腳 Nikica Jelavić 對當年的記憶依然歷歷在目，其家鄉 Čapljina 位於今日的波赫南端，與克羅埃西亞的邊境線相距僅五公里。內戰爆發時小鎮人口 7,000 人左右，所有成年男丁必須加入民兵組織，拿起武器與敵人對抗到底。

「戰火前線距離我的住所大概 10 公里，每天早上到夜晚都能聽到隆隆聲，當年只有七歲，但童年永遠是人類最美好的時光。」曾效力埃弗頓的 Jelavić 目前身在中超，直言退役後仍計劃回鄉居住，「我知道甚麼是打仗，但對於孩子而言，戰爭

彷彿是遙不可及，學校停課，成年男性不在家中，我們都是無人管的，每天只是玩、玩、玩，沒別的事可做。」

沒有電視，沒有手機，沒有上網，全鎮唯一的足球場，就算長滿野草，旁邊更是小山坡，依然聚集了大批兒童耍樂，由早上踢球到晚飯時間。Jelavić 和朋友有時把球踢下山坡，唯有踢空瓶子、空罐子，直至 1999 年，14 歲的他前往 10 公里外的邊境小鎮，從此接受有系統的足球訓練。然而，戰爭劃上句號，對小男生而言，也不及擁有人生第一雙球鞋。

「那時候，誰敢幻想擁有球鞋，記得第一雙球鞋，不過是其他人穿過的舊鞋，而且尺碼太大，我要不斷塞很多棉花進內，穿上它的感覺卻是出奇的幸福。」Jelavić 其實道出了很多同胞的雷同經歷。小確幸不是必然，望向窗外，藍天白雲，綠草青山，或許，驍勇善戰的格子軍團，更該被稱為「戰鬥民族」。

大空翼的現實版伯樂

文：鄭湯尼

　　奧寺康彥不是漫畫人物，在 1988 年版《足球小將》，他是日本國家隊總教練，慧眼識英雄，發掘到未成名的大空翼，更在比賽上乾脆親自上陣盯防他。

　　三浦知良被視為第一代海外藍武士，為日本球員打開通往歐洲的康莊大道。但資深一點的日本球迷，恐怕仍然記得奧寺康彥。可惜，當這位傳奇人物在 1970 年首次現身足壇時，足球在當地仍未開花結果。日本足協當時也沒甚麼長遠計劃。相隔幾十年後，日本足球已成亞洲霸主，連續六屆出戰世界盃，日職球隊更是亞冠聯決賽常客。

　　秋田縣鹿角鎮小生的奧寺，1970 年夏天拿著高中畢業證書，南下 600 公里來到東京追夢，年僅 18 歲的他，任職古河電工公司，並成為古河電工足球隊的球員。起初的兩年，他遊走主力與替補之間，直至 20 歲嶄露頭角，擔任攻擊中場，不僅在國內叱吒風雲，順理成章入選國家隊，也奪得聯賽冠軍、天皇盃等重要錦標。

　　1968 年，日本在墨西哥奧運會拿下銅牌，惜未能提升足球在全國的地位，聯賽依然屬於業餘性質，奧寺一邊踢足球，一邊為古河工作，就像今日的台灣足球員一樣艱難。1977 年，時任日本主帥二宮寬背後策劃，把 25 歲的奧寺康彥帶到德國進行操練，聯繫與德甲各家球隊，安排球員接受當地德甲的訓練。

　　科隆是奧寺的目的地。當時，科隆總教練是由巴薩回歸的名帥 Hennes Weisweiler，2005 年國家體育學院更以其名字名命，球迷更以吉祥物山羊 Hennes the billy goat 懷念一代偉人。Weisweiler 在 1983 年離世，弟子包括名宿 Günter Netzer 和現任拜仁主帥 Jupp Heynckes，對德國足球貢獻良多，而他也是奧寺的伯樂。

　　看過幾堂訓練後，Weisweiler 就決定羅致自信不足的奧寺，事實是對於一名 25 歲小子而言，初登職業聯賽絕不容易，更何況當時的足球員收入不高，被家人反對辭職遠赴德國謀生。幾經一輪拉鋸，在日本足協護航之下，冀盼奧寺到歐洲聯賽能提高國民對足球的興趣，古河電工同意「停薪留職」，家人也放下心頭大石，但科隆真會動用當時天價 7.5 萬美元簽下他嗎？

　　那年頭，外援在德甲並不多。奧寺康彥是科隆陣容僅有非本土球員，且身高只有 1 米 77，常被隊友嘲笑。身體對抗性不足當然是致命傷。Weisweiler 說服了管理層，奧寺簽約後數周便穿起科隆戰衣，對戰杜伊斯堡時亮相，與 Dieter Müller、Herbert Zimmermann 及 Hannes Löhr 並肩殺敵，順利險勝 2:1，外號「殺人王」的德國國門 Harald Schumacher 更救了十二碼。

　　回望處子賽季， 奧寺康上陣 24 場，踢進六球，最後兩場關鍵戰役連入兩球，帶領科隆獲得隊史第二個德甲冠軍，亦是目前最後一個德甲冠軍，之後更奪走隊史首座德國盃。科隆殺

出德國，來到歐冠四強面對那時候的英格蘭霸王諾丁漢森林，首回合領先兩球之下，被反超前 2:3。完場前十分鐘，奧寺獲派上場加強壓力，試圖力挽狂瀾。

森林的左路開出角球被解圍，科隆展開反擊，左路的奧寺晃過森林後衛，一記低射扳平比分，成為首位歐冠進球的亞洲兵，打成 3:3。次回合，森林展現頑強的實力，作客小勝 1:0，總比分險勝 4:3 躋身決賽，最後亦奪冠而回。奧寺再踢了一個賽季離隊，但不是立即返回日本，而是改投德乙的柏林赫塔。球隊衝甲失敗，幸而發光的沙子仍然發亮，他被文達不來梅簽下，重返德甲再戰。

這個時候，奧寺康彥攀上事業高峰，在文達不來梅踢出代表作，當時被 Otto Rehhagel 改造為邊翼衛，連續 63 場聯賽上陣，創下隊史里程碑。而且連續三個賽季為球隊拿到聯賽亞軍，進一步奠定豪門地位，被封為「東洋魔術師」。天增歲月人增壽，1986 年，他帶家人回到日本，成為千葉市原（前者就是古河電工）首位本土職業球員，一年之後，破天荒為日本帶來亞冠榮譽。

功成而身退，35 歲的奧寺於 1988 年掛靴，但似乎還有心願未了。1998 年，他曾和前科隆隊友 Pierre Littbarski 共同創辦橫濱 FC，2006 年出任主席。兩年後，他突然遠赴英國，擔任普利茅斯的主席，惜無力從財政危機之中挽救球隊，黯然重返

横濱。《足球小將》的大空翼啟發了無數當代巨星，像 Sergio Aguero、Andres Iniesta、Lionel Messi、Alessandro Del Piero 等，可以說，奧寺也有間接功勞，而且比起三浦知良，他更早讓歐洲足壇認識日本足球。

歐冠最年輕進球紀錄，
是魔咒還是祝福？

文：鄭湯尼

2019-20 年賽季的歐冠聯，巴薩新星 Ansu Fati 在小組賽對國際米蘭時奠定勝局，以 17 歲 1 個月零 10 日打破封塵 21 年的最年輕進球紀錄，一鳴驚人。追憶撫今，這個紀錄似乎是「魔咒」多於「祝福」，再看首 10 位昔日新星，不少人已經悄悄地消失於風雨中⋯⋯

Mariyan Ognyanov—18 歲零 59 日

2006-07 年賽季，保加利亞球隊索菲亞利夫斯基的新秀 Ognyanov，兩個月前才慶祝 18 歲生日，卻幸運地在歐冠對切爾西時，攻進加盟後的處子進球。當時比賽已到 89 分鐘，Didier Drogba 上演帽子戲法，勝負已分，藍軍有所鬆懈，攻擊中場 Ognyanov 取得安慰獎，並進行滑翔式慶祝。世事如棋，第一個歐冠進球，也是他的唯一一個歐冠進球；2013 年第一次代表保加利亞成年隊，也是他人生的唯一一次。

Alex Oxlade-Chamberlain—18 歲零 44 日

2011-12 年賽季，阿森納中場 Oxlade-Chamberlain 在對奧林比亞科斯的歐冠賽事，開賽八分鐘建功，取代前隊友 Theo Walcott，成為歐冠史上最年輕的英格蘭進球者。那場比賽之前，他才加盟槍手六星期，也是首次在歐冠上陣。效力槍手七個賽季之後，他在 2017 年加盟利物浦至今，一度嚴重受傷，傷癒

後與紅軍一同高飛，不僅拿到歐冠錦標，也有望贏得人生首座英超獎盃。

Karim Benzema—17 歲零 355 日

Oxlade-Chamberlain 還不算是球星，法國前鋒 Benzema 就肯定是一級球星。時間回到 2005-06 年賽季，當時身在里昂的他，面對洛辛堡時攻進出道以來的首個進球，協助球隊以 2:1 報捷，嶄露頭角。2009 年，21 歲的 Benzema 轉投皇馬，自此與歐冠結下不解緣，合共四度奪冠，至今在賽事射進超過 60 球，排在史上第四位。自從 C 羅離隊之後，他的歐冠進球數更加快上升。

Aaron Ramsey—17 歲零 300 日

2008-09 賽季，槍手中場 Aaron Ramsey 對費內巴切，成為第二位取得進球的九十後，領軍大勝 5:2。無獨有偶，這位威爾斯中場在 2014 年面對另一土耳其球隊加拉塔沙雷，又射進一記漂亮的遠射。他為槍手贏過三次足總盃，包括兩度在決賽建功。去年夏天意興闌珊，免費加盟尤文圖斯，接受新挑戰。

Breel Embolo—17 歲零 263 日

巴賽爾前鋒 Breel Embolo 年僅 16 歲已經登場，並在 2014-15 年賽季歐冠對 Ludogorets 上半場四分鐘時，攻進首球，留名史冊。那個賽季，這位身高六尺的中鋒射進 17 球之多，理應前途無可限量，亦在 2016 年以 2,000 萬歐元加盟沙爾克 04。受傷是球員的天敵，他在一場比賽足踝和韌帶嚴重受傷，倦勤接近一年，復出後似乎無復當年勇，目前效力慕門興格拉德巴赫，但能否重拾射門鞋呢？

Martin Klein—17 歲零 240 日

2001-02 年賽季，布拉格斯巴達新秀 Klein，對希臘豪門帕納辛奈科斯時破門，可惜球隊仍以 1:2 敗北。像其職業生涯一樣。他是一名中後衛，早已被人遺忘，搜尋器上多數只會出現另一名愛沙尼亞摔跤手的資料。不過，人生有一剎那光輝，總比寂靜無聲更好，他對陣過皇馬，去過哈薩克和馬爾他聯賽，目前回流捷克丙組聯賽，為生計而奔波。

Cesc Fàbregas—17 歲零 218 日

又一次是前阿森納球員，Fàbregas 更是前槍手隊長。2004-05 年賽季歐冠對洛辛堡，他射進比賽上的五個進球之一，成就

也比 Ramsey 和 Chamberlain 更高。這位西班牙中場奪過兩次歐國盃和一次世界盃，也拿到西甲、英超等榮譽，現在轉戰法甲，冀望在摩納哥綻放黃昏的美好光芒，說不定將來有機會再返英超？

Bojan Krkić—17 歲零 217 日

Fàbregas 是前巴薩青訓，小王子 Bojan 則在巴薩出道，也是歐冠首位進球的九十後，時為 2007-08 年賽季。他的確是年少成名，也打破了 Lionel Messi 保持的隊史最年輕進球紀錄，但新 Messi 始終不是 Messi。巴薩在 2009 年和 2011 年奪得歐冠，Bojan 也沒能在決賽披甲，隨後效力羅馬、AC 米蘭、阿賈克斯和斯托克城等，現在成為美職聯蒙特利爾衝擊的球員，今年才 29 歲而已。

Mateo Kovačić—17 歲零 215 日

是玉是石，仍待時間證明？2011-12 年賽季，克羅埃亞中場 Kovačić 代表札格瑞布迪納摩，小組賽對里昂時建功，一箭定江山。他的天賦備受肯定，當年被委任為隊史上最年輕隊長，之後轉投國際米蘭和皇家馬德里，發展平穩，直至 2018 年夏天加盟切爾西，今年才 25 歲，履歷可媲美 35 歲的資深中場，「教授」的外號果然不是浪得虛名。

Peter Ofori-Quaye—17 歲零 194 日

在 Ansu Fati 之前，前奧林比亞科斯前鋒 Ofori-Quaye 對洛辛堡時建功，轉眼保持歐冠最年輕進球紀錄，長達 21 年之久。這位前迦納國腳登陸希臘前，曾以 15 歲之齡破門，也打過 2000 年非洲盃，但紀錄的光環沒能對其事業產生正面影響，2004 年居然要回流迦納聯賽效力，輾轉再打過幾支球隊後，直到 2012 年掛靴。路遙知馬力，日久見實力，球場永遠是英雄地，留得愈久，證明你愈有價值。

樂天知命的新喀球隊

Hienghene Sport

文：鄭湯尼

2019 年的世俱盃有一支相當有趣的球隊，就是來自大洋洲新喀爾多尼亞的 Hienghene Sport。他們在去年爆冷獲得大洋洲冠軍聯賽錦標，讓他們成為第二支澳洲和紐西蘭以外參與世俱盃的球隊。雖然他們最終只能以 1:3 不敵地主國卡達的聯賽冠軍球隊 Al Sadd，不過能夠跟對手賽至加時賽，以及能夠在這個世界級舞台射進一球，已經是值得高興一輩子的事。

新喀爾多尼亞其實不是國家，而是法國在大洋洲的海外領土。曾協助法國奪得 1998 年世界盃冠軍，和 2000 年歐洲盃冠軍的前皇家馬德里中場悍將 Christian Karembeu 便是來自這個地方。新喀爾多尼亞是位於澳洲東北部 900 英哩距離的兩個小島，面積只有台灣的一半，人口卻少很多，只有不足 28 萬人，所以一直以來並不是足球發展良好的地區，當然也從沒有出席過世界盃決賽圈。至於成立於 1997 年的 Hienghene Sport 則是位於新喀北部一個人口只有約 2,500 人的小鎮，成立初期也沒有什麼亮麗的成績。直到 2013 年才首次獲得新喀爾多尼亞盃，之後在 2015 年和今年再奪冠軍，從而獲得 2014-15 年賽季和 2016-17 年賽季法國盃參賽資格，不過兩次都在第七輪賽事就被法國第五級業餘聯賽球隊擊敗，無緣挑戰法甲和法乙的職業球隊。

到了 2017 年，Hienghene Sport 終於在 12 支球隊之中脫穎而出，首次奪得新喀爾多尼亞超級聯賽冠軍，去年則不敵該國

另一支強隊 Magenta 僅獲亞軍，不過也獲得大洋洲冠軍聯賽參賽資格，Hienghene Sport 和 Magenta 在本賽季的大洋洲冠軍聯賽表現神勇，在四強戰均爆冷淘汰兩支紐西蘭球隊，結果在大洋洲冠軍聯賽決賽首次出現新喀德比，最後 Hienghene Sport 由在世俱盃進球的 Antoine Roine 進球，以 1:0 擊敗強敵奪冠，然後也在 2019 年重奪新喀聯賽錦標。年屆 38 歲的新喀國腳前鋒 Bertrand Kai 也因此獲得本年度大洋洲足球先生，是繼法國名宿 Karembeu 之後第二名獲得這項殊榮的新喀球員。

Hienghene Sport 雖然跟大部分職業球隊一樣，每周有五天訓練然後在周末比賽。不過跟所有大洋洲球隊一樣都是業餘球隊，教練和球員都不是全職踢球或教球，比如是隊長 Bertrand Kai 在六年前開始是一間寄宿學校的校長，他表示最令他費神的是要管理好學校飯堂的膳食問題，務求讓學生有均衡營養。擁有日本血統的總教練 Felix Tagawa 則是前大溪地國腳，近年來到 Hienghene Sport 執教的同時，也要兼顧當地一支沙灘足球隊的教練工作。為了讓球隊更有能力出戰這次世俱盃，Hienghene Sport 也特地找來數名外援球員，包括巴西中場 Marcos Paulo，葡萄牙中場 Pedro Luis 和日本右後衛松本光平。雖然他們都是在本國完全踢不上職業聯賽，不過能夠出席世俱盃，也足以令他們的足球生涯無憾。30 歲的松本光平曾是大阪櫻花青年軍成員，與前國腳柿谷曜一朗是同期好友，可是後來沒辦法踢進 J 聯賽球隊成年隊，只能在德島漩渦和千葉市原的

預備隊混日子，後來轉戰紐西蘭、斐濟和萬那杜聯賽延續足球員生涯，在 2019 年 11 月才從紐西蘭聯賽球隊轉投 Hienghene Sport，想不到柿谷曜一朗也沒有踏足過的世俱盃舞台，松本光平卻率先參與過，所以人生際遇確實相當難料。

Petr Cech 退役，
當戰士放下頭盔

文：剛田武

2019 年 1 月，捷克守護州 Petr Cech 宣布，在當年賽季後結束 20 年職業生涯，退役與現役足壇人士紛紛致敬，可見這位老將深受尊重，實力得到各界認可。

1982 年，Cech 出生於尚未分裂的捷克斯洛伐克，出生地正是近年經常代表捷克的比爾森勝利，諷刺地，當地最受歡迎的是冰球，而非足球。讀書時期，他已把冰球放在首位，無奈冰球訓練所費不菲，加上父親在他六歲時把他帶到比爾森勝利訓練，最終仍是選擇足球。

與 Buffon 等殿堂門將一樣，Cech 少年時期不是門將，而是擔任前鋒，因一次串演經驗而獲教練賞識，加上身高 1 米 96，不擔任門將實在浪費。在捷克聯賽打滾三個賽季，他在 2002 年加盟法甲的雷恩，轉會費 550 萬歐元，若非工作證限制，當時加盟的會是阿森納，天意弄人。

法甲多年來是英超的兵工廠，他在 2004 年以 700 萬鎊加盟切爾西，成為藍色王朝的核心，首戰對曼聯完美地展示迎接高球的穩定性，手拋球發起進攻更為人留下深刻印象，輕鬆為球隊取得首勝。Cech 全賽季僅失 13 球，多達 21 場保持不失球，以破當時紀錄的 95 分封王，實至名歸拿下首屆金手套獎。

有人認為，那一年是他的巔峰，是耶非耶，見仁見智。第二個賽季，切爾西延續強勢，他的數據有所下滑，2005 年 9 月

底到 11 月初經歷連續六場失球，最慘痛是作客 0:3 不敵米德爾斯堡，而利物浦門將 Pepe Reina 更以 20 場不失球，拿下金手套獎，英超最佳門將出現了新變數。

2006-07 年賽季大事不妙，第八輪客場對雷丁，開場僅 15 秒，Cech 抱實皮球的情況下，被 Stephen Hunt「殺人腿」踢到頭部，即場失去意識，足足休戰了三個月才能復出，自此一直載上保護頭套作戰，但很多人認為，一前一後已是「判若兩人」。正常人遇到如此重大的傷患，日後難免會有陰影，畢竟，類似的近距離接觸在足球比賽，幾乎是無可避免。

別先入為主，以為 Cech 是不擅長撲救十二碼的門將，事實上，他的撲救成功率達 21% 以上，一流門將能夠在兩成以上已經很好。2007-08 年賽季歐冠，切爾西在看守主帥率領來到老闆家鄉俄羅斯，決賽對曼聯合演英超內戰，90 分鐘踢成 1:1，他把 C 羅的十二碼擋出，可惜隊長 John Terry 踢飛了獎盃，賽後只有苦澀和淚水。若非如此，人們也許會記住 Cech，其實是擅長撲救十二碼的門將。

2011-12 年賽季，哀兵藍軍在四強爆冷逆轉巴薩，梅西的十二碼擊中橫樑，Cech 相隔四年後再入決賽，冥冥中再度遇上十二碼。加時階段，捷克人擋出 Robben 的十二碼，十二碼大戰面對拜仁的劊子手，五球全部判斷對方向，撲出了 Ivica Olić

的命射，成為冠軍重要功臣。歲月催人，他在 2014-15 年賽季
問鼎英超冠軍時，淪為替補門將，意興闌珊地加盟阿森納。

　　首個賽季，他重新昔日風采，合共 16 場保持不失球，再
度榮膺金手套獎，但槍手的防線向來飄忽不定，整體上平均失
球也有增加，本賽季隨著伯樂離去，再度失去主力位置。他為
國家隊共四次出戰洲際大賽，九次獲得捷克足球先生，但高峰
卻是 2002 年 U21 歐洲盃，爆冷決賽擊敗法國，同樣是十二碼
大戰。或許受傷後的 Cech 不再一樣，但沒頭盔的他，是金手
套得主，有頭盔的他，也是金手套得主。

世盃女足為夢想賣獎券

文：剛田武

　　四年一度的女足世界盃，2019年的決賽圈共有24支球隊，東道主法國在賽前被視為熱門之一，當時預計與美國、日本和英格蘭等爭奪錦標（結果，還是由美國奪得冠軍），風光後面，不少世界盃女將仍然是兼職球員，有些為了夢想要賣獎券，有些經歷過國家隊解散，有些……

　　放眼世界，具規模的女子足球職業聯賽，屈指可數，美職、英超、法甲等，但又怎能養活到那麼多球員？阿根廷是男足強國，女足不過是南美小螞蟻，世界排名第37，本屆第三次殺入決賽圈，上兩次皆全軍盡墨。2019年6月新賽季阿根廷女子聯賽實現職業夢，16支球隊組成頂級聯賽，但生存環境仍然艱難，除了里昂前鋒 Sole Jaimes 之外，阿根廷的世界盃陣容大都在西甲踢球，如 Vanesa Santana、Ruth Bravo、Estefanía Banini 等，只因職業化後的聯賽，收入依然少得可憐。

　　阿根廷足總創立基金資助新賽季女子聯賽，每月向16隊各撥款2,600美元，負責為八名球員的薪金包底，保證每個人的月薪不低於330美元。全國15隊接受足總方案，唯獨聖羅倫素女足走前一步，在新賽季全數支付16名球員的月薪。荒謬的是，那八名可能被標籤的球員，總收入2,600美元只是等於阿根廷丁組男球員的月薪，而且兩大豪門河床和小保加在職業化前，旗下女子隊只有車馬費，其他球隊連車馬費、洗衣費

和醫藥費都要自行支付，導致姑娘們多年來要向親朋好友出售抽獎券補貼收入。

世界盃新手牙買加女足國家隊一度解散，最終重組要多得 Bob Marley 的女兒慷慨解囊，故其外號叫「雷鬼女足」，教練及其團隊自 2015 年掌舵，一直出於一片丹心，完全免費執教，卻被迫與足總簽下合約，完全漠視勞工權益。牙買加女足估計前往法國的世界盃之旅，連機票、飯店、租場費和熱身賽等支出，經費至少要 40 萬美元，故此在美國舉行的世界盃祝捷會上，獲邀的每位賓客需要捐點善款，最低捐款為 100 美元，但決賽圈前一星期，國家隊仍未籌到 40 萬美元。

牙買加女足的所有訓練和比賽費用，全靠 Marley 女兒創立的 Reggae Girlz Foundation，不然連出戰國際賽也是天方夜譚。幸好，世界盃來臨前，國腳與足總簽下合約，每月獲得 800 至 1,200 美元人工，追溯期由 2019 年 1 月開始，而做了四年義工的教練及其團隊則獲一筆過補償，達到四萬美元，總算是不幸中的大幸。牙買加足總自稱陽光下作業，惟 400 萬美元的世界盃撥款，球員聲稱一分錢也沒收過，連集訓營的十萬美元也不翼而飛！

澳洲女足是近年進步神速的國家隊，國內聯賽辦得有聲有色，收入不錯，自然吸引到人才加盟。2018-19 年賽季澳洲超聯共有九隊角逐，球季由 10 月下旬到 2 月上旬，聯賽最低工

資由前一季的 10,000 澳元提升至 12,200 澳元，以四個多月的賽季來說，收入相當不錯。由於澳洲超聯隊維持每周三至四日訓練，加上賽季較短，球員既可長期做兼職，也可趁休季到其他國家聯賽短暫效力（這是女子球壇常態），加上球季獎金未計算在內，待遇可媲美歐美主流女子聯賽賽事。

澳洲 2019 年 7 月 1 日再度調高最低工資，時薪升至 19.49 澳元，跑贏通脹一倍，即澳洲人時薪至少超過 400 台幣，大可一邊踢足球、一邊做兼職。這種追夢模式，至少是快樂過生活，而不是拚命去生存。澳超一線球員的年收入可達十萬澳元，目前人氣最高的 25 歲澳洲隊長 Sam Kerr，排在首屆女足金球獎第四位，本年簽下 40 萬澳元的 Nike 合約，成為史上首位年收入突破 100 萬澳元的澳洲女子球員！

阿根廷出局，梅西該退役？

文：剛田武

　　阿根廷是否事無大小，都要得到梅西「批准」，恐怕是個永遠無法證實的謎題，但陰謀論永遠有人相信。唯一肯定的是，阿根廷在 2019 年美洲盃四強被淘汰，季軍戰險勝智利拿回安慰獎，梅斯欲打破大賽冠軍荒，看來遙遙無期。

　　自從梅西 2005 年成為大國腳，阿根廷過去 14 年已經換了九名風格迥異的總教練，意味著他在國際賽平均踢 14 場，便要重新適應新主帥，這種換帥頻率教人匪夷所思。阿根廷足總主席 Claudio Tapia 接任時，一度信誓旦旦表示支持總教練，但一個月不到，便換上「世界最佳」的 Jorge Sampaoli。

　　2018 年世界盃鎩羽而歸，Sampaoli 被棄之如敝屣，看到阿根廷足總的作風，根本不可能有名帥願接手燙手山芋，最終只能讓前帥副手 Lionel Scaloni 走馬上任。這位菜鳥主帥沒有執教一線隊的經驗，最大優勢是薪水低，或者，名字 Lionel 與梅西一樣，也是優勢吧！

　　足總主席 Tapia 與球星合照的「閃卡」，比其政績更多，多年來屢被國內球隊老闆批評，如河床主席表示：「我不會想跟梅西一起喝茶，或者合影，或者送禮物，足協主席應和球員保持距離，以免瓜田李下，梅西目前仍然是球員。」自從 2017 年 3 月以來，藍白軍團在美洲盃前的 13 場正式比賽，僅獲四勝，成績慘淡，沒有梅西被罵，有梅西也被罵。

　　在 Scaloni 麾下，阿根廷每場比賽都使用不同的正選，但這是近年主帥常態，對巴西一戰是近 40 場以來第一次派出一樣的正選，可想像球員也是疲於奔命。對哥倫比亞時，Sergio Agüero 先發；對巴拉圭時，國米前鋒 Lautaro Martínez 正選，Agüero 中場休息替補出場，與梅西組成三前鋒的，踢出本屆賽事最華麗的 20 分鐘。隨後，Agüero 與 Lautaro 搭檔鋒線，梅西改任攻擊中場，反映總教練在戰術上的混亂思路。

　　毫無疑問，Scaloni 要為阿根廷重建陣式和戰術，任務比前幾位主帥更艱巨，也突顯他是力不從心。看看防線的 Nicolás Tagliafico、Germán Pezzella、Juan Foyth、Renzo Saravia 和 Milton Casco，代表國家隊次數均在 20 場以下，說明該做的時候，無人敢做，換血晚了，陣痛自然比預期漫長。

　　「我們處於重建期，不像是奪冠熱門。」隊長梅西打開天窗說亮話，也反映對球隊前景信心不足。四強出局後，他爆粗炮轟南美足協偏袒主隊巴西，季軍戰惱羞成怒領紅被逐，直言東道主是「內定冠軍」，或者是真心話，卻欠領導風度。人們懷念鐵血隊長 Mascherano，打掉門牙帶血吞，感染其他隊友輸球輸命，絕不放棄，相對地，梅西的沉默使球隊士氣難言高漲，面對逆境時只會進退維谷，被負能量滲入軍心。

　　我們不該懷疑梅西的愛國心，球場上，這位球星也三番四次扮演救世主，帶領阿根廷走出困局，但時至今日，或者他在

國際賽退役，對球隊和自己也是好事——如他仍能掌控自己的
命運。否則，阿根廷的重建困局將會百上加斤，甚至不知從何
做起。

Maurizio Sarri 揭祕，
大器晚成的煙槍主帥

文：剛田武

　　「當下，我沒法子承諾新賽季會拿到任何獎盃，但是我能保證，一定會全力以赴，帶領球隊贏得錦標。」英超勁旅切爾西斬獲上賽季足總盃冠軍，仍然堅決與 Antonio Conte 分道揚鑣，準備新賽季的練習開始後，雙方才能一刀兩斷。新帥同樣是義大利人，Maurizio Sarri 被譽為快樂足球的代言人，究竟身上有甚麼魅力吸引 Pep Guardiola 青睞呢？

　　年近花甲的 Sarri 大器晚成，59 歲首次出國任教，巧合地，教練生涯兩次取代 Conte 的帥位，上一次是 2006 年接手義乙球隊 Arezzo，當時已是一名資深教頭，執教鞭超過 15 載。2015年，這位煙不離手的煙槍總教練，出任拿坡里教練是人生的轉捩點，總戰績取得 79 勝 22 和 13 負，不敗率達到 89%，令人喜出望外。上賽季，球隊一度占進榜首，可惜板凳深度略為不足，後勁乏力，季末功虧一簣，否則已經終止尤文的六連霸。

　　「切爾西向來是優秀的勁旅，問題是英超競爭激烈，每個賽季至少還有五至六支球隊爭冠，」Sarri 首次亮相時表示：「我覺得球隊陣容很好，只需要在一至兩個位置增加兵力，便可嘗試踢出 Sarri 的進攻風格。」新官上任三把火，這位義大利人入主後，馬上簽下了拿坡里主力 Jorginho，轉會費 5,700 萬鎊。

　　Sarri 的足球天賦平平無奇，沒能成為職業足球員，但參與過業餘聯賽，擔任中後衛，師承瑞典名宿 Kurt Hamrin（曾在義甲效力，1958 年世界盃決賽與貝利短兵相接）。為了生活，他

曾在銀行和鞋店工作，早年經營外貿生意，主要是同歐洲的國外公司打交道，當年已頻繁往來倫敦，盛傳自此染上一日兩包的煙癮，迄今無法戒掉。

然而，Sarri 並沒完全離開足壇，依然以業餘身分執教，包括家鄉球會在內，合共教過七支業餘球隊，直至後來前往 AC 米蘭取經，受到經典教練 Arrigo Sacchi 的影響，決心日後要成為職業教練，並把後者的金句記在心中：「這輩子要做優秀的練馬師，前一世不需要成為一匹馬。」40 歲不算早，50 歲有點遲，他的毅力遠乎常人，終在 55 歲，首次有機會在義甲任教。

上賽季，切爾西僅拿到聯賽第五，失落歐冠參賽資格，他說：「執教拿坡里期間，我是非常幸運的人，與球員相處融洽，他們也願意融入我的風格。」上賽季歐冠交鋒，Guardiola 真情流露，表達出對前輩的尊敬：「我很欣賞他，他着重控球權、前場迫搶、短傳入滲的理念，而且訓練模式別具創意，也許每 20 年才有出現這一種總教練。」

非紅褲子出身的總教練，在現代足球的生存空間愈來愈狹窄，Sarri 在低級別聯賽打滾，一直無法碰上伯樂，其中一個原因是出道多年後才能進入全國首屈一指的義大利足球教練名校進修，其二是早期無能建立個人教練團隊，但他始終沒有放棄，不然可能繼續待在銀行或鞋店工作。

Conte 引領英超的三中後衛陣式熱潮，Sarri 可能帶來更多別出心裁的創意戰術，即便改變不了英超，至少也會改變切爾西的面貌。「踢了那麼多年球，第一次要訓練擲界外球，他們每次都有十種不同變化。」沃特福德中場 Nathaniel Chalobah 曾租借到拿坡里，終於明白 Sarri 的外號為何叫「33 先生」。

拿坡里的定位球戰術變化多端，Sarri 的戰術簿原來準備了 33 款不同變化，比起背誦八股文的難度更大。他從未拿過獎盃，但卻在 2017 年榮膺義甲最佳教練頭銜，得到同業的肯定，「我必須享受自己的比賽，也希望球迷喜歡球隊的表現，引以為傲，我會 100% 的努力工作，還有把 90%的快樂帶給球迷。」Sarri 戰術出色用人得宜，管理上軟硬兼施，面對傳媒也對答得體，但 Sarri 英語不太流利，加上英格蘭球場禁煙，可能是他的致命短板。

三獅軍團「千場」紀念日

文：剛田武

　　歐洲盃資格賽，三獅軍團英格蘭主場迎戰黑山，憑熱刺前鋒 Harry Kane 上演帽子戲法大勝 7:0，慶祝 1,000 場國際賽里程碑，締造歷史新一頁。撫今追昔，究竟整整 1,000 場國際賽的漫長道路，是如何走過來的呢？

　　貴為現代足球發揚地，英格蘭早於 1872 年進行首場正式比賽，雖然在接近 150 年歷史長河之中，贏過 60 項大小錦標，但踢了 999 場比賽之後，其實只是贏過 1966 年世界盃冠軍。三獅軍團在過去 999 場比賽，打進 3,172 球，最常出現的比分是 1:1，累積 102 場，總成績取得 568 勝，手下敗將共有 91 隊。

　　91 隊手下敗將之中，多達 54 隊從來沒有擊敗過英軍，但也有六隊是英軍從未贏過的，包括沙特阿拉伯、阿爾及利亞、獨聯體、加納、洪都拉斯和韓國。英軍史上面對 29 隊保持全勝對賽佳績，最喜歡的對手是保加利亞，取得 8 勝 4 和，而且面對 76 隊的往績是勝多負少，威風八面。然而，面對傳統勁旅巴西、德國、義大利和荷蘭均是負多勝少（另外兩隊為烏拉圭和羅馬尼亞），可見早已習慣「欺善怕惡」，形象鮮明。

　　三獅軍團最害怕面對足球王國巴西，得勝率僅僅 15%，交鋒 26 場，僅得四勝，完全被剋死。諷刺的是，東歐部隊羅馬尼亞不算勁旅，但對上七次交鋒皆沒能報捷。傳統上，英軍患有「大賽腿軟後群症」，各項賽事平均得勝率明明有 57%，但大

賽決賽圈卻回落到 40%以下，與 47 隊交手只贏過 24 隊，實在難以交代，難怪總被評為「歐洲國足」，雷聲大、雷點小。

1872 年 11 月 30 日，英軍在 4,000 人面前大戰蘇格蘭，結果悶和 0:0，此後，球隊用過 54 個球場作為主場，並在 75 個不同國家的 225 個球場亮相。1937 年，他們在咸普頓公園對世仇蘇格蘭，吸引了當時世界紀錄的 149,457 人觀戰；2018 年試過閉門作賽，作客克羅地亞「零」觀眾看球。

在舊溫布利球場，三獅軍團的得勝率為 60%，輸球率為 13%；來到新溫布利球場，他們的得勝率提升至 71%，可說是全新福地，而且輸球率約 12%，變化不大。所謂冤家路窄，英軍史上最常交手正是蘇格蘭，合共 114 場，當中有 40 場作客咸普頓公園，得勝率只有 37%，肯定是他們的「世紀凶地」。

過往共有 1,244 人穿起過英軍戰衣，紀錄保持者是前門將 Peter Shilton，代表國家隊 125 次，可能後無來者，而第二位是現役球員 Wayne Rooney，代表國家隊 120 場。1987 年對巴西時，後衛 Stuart Pearce 是第 999 位英格蘭國腳，最終比分言和 1:1，而第 1,000 名球員則是前熱刺的 Glenn Hoddle。

或許我們未必想過，為英軍製造最多國腳的球隊，不是曼聯或阿森納，而是有過 78 名國腳的熱刺，第二位是利物浦和阿斯頓維拉，同有 74 人，之後是埃弗頓、曼聯和槍手。最後一提，最年長上陣球員是前翼鋒 Stanley Matthews ，紀錄是 42 歲

103 日，同時代表國家隊長達 22 年也是一項紀錄。最年輕上陣紀錄保持者是翼鋒 Theo Walcott，2006 年以 17 歲 75 日處子登場，至今代表國家隊上陣 47 場打進八球。

曾經何時，三獅軍團屢屢在大賽互射十二碼折腰，但近年已見改善跡象，對上兩次大賽對哥倫比亞及瑞士都獲勝，現任主帥 Gareth Southgate 功不可沒。2018 年世界盃和首屆歐洲國家聯賽，英軍同樣殺進四強，陣容年輕，前景愈來愈樂觀，有望成為真正的歐洲一線勁旅。

「1,000 場是一個難得的里程碑，但願之後陸續有來。」Harry Kane 雙喜臨門，成為歷來首位連續兩場於溫布利球場「戴帽」的球員，並以 24 球成為歷來英軍隊長進球王。不過，歷史進球王依然是前隊長 Rooney，以 53 球傲視同儕，才 26 歲的 Kane 來日方長，破紀錄絕非遙不可及。

（原文寫於 2019 年末）

你不知道的
Mario Balotelli 二三事

文：剛田武

　　童話故事中，小飛俠 Peter Pan 是長不大的男孩，永遠擁有一顆童心，但如果他活在現實世界，其實滿可怕、頗恐怖，就如巴神 Mario Balotelli！

　　2010 年，巴神加盟曼城前，曼聯球探曾把戰術報告交給時任主帥弗格森，以致後者蠢蠢欲動，打算出手收購，但最終得到的建議是：「不要冒險了。」蘇格蘭人在自傳憶述：「這是上帝的旨意。」

　　巴神代表國米 U17 上陣 20 場，狂轟 19 球，閃電升上 U19，很快就引起恩師 Roberto Mancini 青睞，但這段恩徒情在米蘭只是萌芽階段。

　　Mancini 被辭退，穆里尼奧接掌教鞭，國米對魯賓卡山的歐冠聯，球隊鋒線鬧兵荒，只能委任巴神正選。42 分鐘，巴神吃了黃牌，穆帥在半場休息時用了 14 分鐘告訴壞孩子：「我知道改變不了你，但替補席上已沒有其他前鋒，無論如何你別跟對方有身體接觸，丟球了不要回防，裁判有錯，你不要投訴。」下半場開賽一分鐘，巴神領紅被逐。

　　穆帥對巴神的評價不高，有一次，這小子突然沒去練習，他說：「每天我可以下午二時到辦公室找你，但 F1 義大利站是一年一度，不可錯過。」

2012 年歐洲盃，義大利對德國，巴神面對諾伊爾時梅開二度，令人眼前一亮，可惜決賽國家隊以 0:4 負於西班牙，奇幻之旅結束，只見他坐在草皮上熱淚盈眶。其實，當年他只有 22 歲，無人想到那是他在國際賽終極高度。

師徒情在英格蘭開花，巴神在曼徹斯特德比梅開二度，衣服上寫了 Why always me，一舉成名天下知。後來，他為曼城贏得史上首座英超冠軍，上陣 28 場，踢進 16 粒進球，也是人生巔峰。

在曼城，他攻進 30 球，球場上威風八面，但在馬路上卻橫衝直撞，吃了 27 張罰單，媲美台灣三寶。同時，他留下了經典一時的「煙火鬧劇」，在家中點燃煙火導致整座豪宅著火，需要消防員來撇火。

2012 年 12 月，巴神和 Micah Richards 訓練時爆發口角，繼而互相揮拳，遂被恩師驅逐。Richards 透露當時不滿這位壞孩子訓練態度懶洋洋，出言罵他，巴神以義大利粗言回應，剛巧 Richards 聽懂了，兩人怒火一發不可收拾。

2013 年 1 月，Balotelli 離開曼城，恩師 Mancini 表示：「他想回家了，不想跟蘇亞雷斯一樣成為輿論和裁判和的狙擊目標，而且 AC 米蘭也送上不錯的報價。」年半時間，他上陣 54 場，踢進 30 球，惟紅黑軍團當時財政不佳，導致提早分手。

撫今追昔，多角度重溫紅軍和巴神之間的關係，這都是一場意料之外的孽緣。神奇隊長 Steven Gerrard 在自傳《我的故事》中透露：「個人最後一個賽季，Brendan Rodgers 在 8 月中來找我，他告訴我球隊錯過了幾個前鋒，當時已沒有選擇，只能賭一把⋯⋯賭注是 Balotelli。

巴神重返英格蘭，利物浦刻意在合約加上「行為良好獎金」，賽季末可獲 100 萬鎊，但義大利人根本視錢財如糞土，甚至會在訓練賽上，突然向本方大門吊射，然後獨自在中圈嘻哈大笑，自得其樂。

結果，他在英超再次患上思鄉病，大部分時間「自閉」，每日有兩餐吃外送，與隊友的了解不多，加盟紅軍半年，也無法叫得出全隊主力的名字。2016 年夏天，利物浦換上新帥 Jürgen Klopp，巴神被送走，連巴勒莫、拉齊奧和切沃都不想接收他，惟有遠走法甲的尼斯。

來到尼斯，巴神總算洗心革面，以往從來不會回顧技術分析錄影，只顧玩 PSP 和手遊，但這時候，他會在飛機上回看自己的表現，整個賽季表現回勇，踢進了 15 球。

事實上，他從放下回到國家隊的念頭，回到尼斯重拾信心，適逢恩師 Mancini 成為義大利總教練，2018 年 8 月事隔四年重返國際賽。「只要他做回 29 歲的球員該做的本分，他是有機

會重返國家隊的。」除了家人之外，Mancini 可能是足壇唯一對他不離不離的人，或許是他在巴神身上看到當年自己的影子。

然而，Balotelli 不久故態復萌，不僅在隊友球鞋撒尿，甚至把義大利麵擲向隊友，曾因肩膀痛缺席訓練，翌日又會打乒乓球，一切一切都是如此違反「常理」。

原本 2018 年夏天，巴神已有機會加盟馬賽，但因之前一個賽季末吃到罰單而停賽三場，以致交易胎死腹中。1 月，馬賽把巴神帶走，但只肯給予半年合約，意味著重返家鄉只是時間問題。

2016 年夏天，Balotelli 已經再沒豪門願意羅致他，2019 年夏天義甲中班球隊也不想要他，8 月 19 日，升級馬布雷西亞最終簽下他。「我不能否認，未來我想在這兒掛靴。」巴神誠懇的說。

多年來，前荷蘭中場 Wesley Sneijder 的評語最中肯：「第一次跟他合作是在國際米蘭，那時他是一個小孩子；之後我們在尼斯再做隊友，我發現他還是一個小孩子。」每個孩子都要長大，只有兩個人是例外，一個是 Peter Pan，另一個是 Balotelli。

令歐洲足球退步的歐洲國家聯賽

文：剛田武

　　歐洲國家盃資格賽小組賽在去年 11 月完結。本屆賽事晉級決賽圈的制度比以往複雜很多。原因是除了資格賽小組賽每組首兩名直接晉級外，餘下四個席位將以附加賽形式產生，附加賽這次卻由 16 支球隊分開四組爭奪四個席位，小組形式則是根據去年完結的歐洲國家聯賽小組賽成績而定。換句話說，這令不少在資格賽小組賽沒能獲得首兩名的球隊有「敗部復活」的機會。說到這裡或許有不少人會認為這樣很好呀，讓更多實力較次的球隊有更多機會進入決賽圈，為什麼還要說歐洲國家聯賽令歐洲足球退步呢？原因是國家聯賽令弱者更弱，強者卻沒有因此變更強。

　　歐洲國家聯賽的賽制是將 55 個歐洲足聯成員國以國際足聯排名分成四級聯賽，每級聯賽再分為四組，每組有三支球隊（第四級聯賽有部分組別有四支球隊）在三個國際比賽周作雙循環聯賽制比賽，每組積分最高的球隊確保可以參與歐洲國家盃資格賽附加賽。如果小組首名在歐洲國家盃資格賽小組賽已獲出線資格，她們所擁有的附加賽席位將順延給排名緊隨其後，卻沒能在小組賽出線的球隊。結果本屆歐洲國家盃資格賽打完後，第一檔 A 聯賽的 12 支球隊之中只有冰島沒能出線，第二檔 B 聯賽也只有四支球隊需要參與附加賽。這說明對於法國、德國和英格蘭等傳統強隊來說，根本就不需要為國家聯賽的「獎品」打拼，因為只要「安分守己」打好歐洲盃資格賽就自然可以出線。

　　可是由於歐洲國家聯賽的產生，令歐洲盃資格賽從以往的雙數年 9 月展開直到翌年 10 月結束，壓縮到在世界盃翌年的 3 月至 11 月完成。以往部分歐洲國家在 11 月和 3 月的友賽檔期或許會安排較少比賽讓連年征戰的球星們休息。可是從世界盃決賽圈後的 9 月至翌年 11 月之間，先是歐洲國家聯賽繼而要參與歐洲盃資格賽，所有賽事都不能放棄參賽，於是令不少歐洲足球強國索性讓主力在歐洲國家聯賽小組賽休息，甚至乾脆敷衍了事。明顯例子是葡萄牙在小組賽期間沒有徵召 C 羅納度，卻仍然獲得出線四強資格，因為同組的義大利應戰態度比他們更消極。另一對手波蘭在實力上更不是同一檔次。另外由於世界盃決賽圈後這一年半國際賽期已被歐洲足聯填滿，歐洲足球強國完全沒有機會跟巴西和阿根廷等其他洲份強敵較量，失去更佳的練兵機會之下自然沒有進步。

　　至於歐洲國家聯賽為什麼令弱旅更弱呢？原因很簡單，是因為歐洲國家聯賽強逼她們與實力「旗鼓相當」的對手交手（當然也有像科索沃這種有相當實力，卻因為是新成員國所以成為國際足聯排名較低的球隊，才分在最低檔次的 D 聯賽），試想像一下摩爾多瓦、白羅斯（前譯名為白俄羅斯）、盧森堡和聖馬利諾這些雜魚亂鬥之下，到底會有多少進步空間？以摩爾多瓦為例，他們在 2014 至 2018 年間的友賽對手包括喀麥隆、烏克蘭、羅馬尼亞、克羅埃西亞、瑞士、土耳其、韓國等，當然也有盧森堡和馬爾他等同級球隊。

　　雖然面對實力較強的對手也是落敗居多，可是比起只是跟聖馬利諾和白羅斯亂鬥更強吧。另外由於部分弱旅在歐洲國家聯賽已獲歐洲盃資格賽附加賽席位，所以在自知無法與歐洲強國爭奪首兩名之下，在資格賽小組賽的表現也相當差勁和消極，比如是兩循環合共吞了英格蘭 10 隻光蛋的保加利亞八戰只得 6 分，白羅斯也是八戰只得 4 分，他們就算是八戰全敗也能進入附加賽，因為他們是歐洲國家聯賽小組冠軍，說穿了就是只要全力打好附加賽兩場比賽就可以獲得決賽圈席位。相反沒能在國家聯賽獲得小組首名，在歐洲盃資格賽小組賽獲得 14 分的斯洛維尼亞和希臘，以及獲得 13 分的阿爾巴尼亞卻已宣告出局。這樣也變相鼓勵弱旅只要踢好國家聯賽，擊敗跟自己實力差不多的雜魚們，然後在資格賽小組賽這一年隨便踢也沒關係。因為反正肯定可以參與附加賽，只要在附加賽贏了就大功告成。只要愈來愈多球隊懂得這樣的遊戲潛規則，恐怕將來以歐洲足聯名義舉辦的國際賽，只會出現愈來愈多隨便踢的球隊和比賽，甚至滋長更多假球比賽。

足球史上最大差距比分一覽

文：剛田武

　　柏太陽神在早前的日本乙級聯賽以13:1大勝京都不死鳥，創下日本 J 聯賽史上最大差距比分。當然這比分若放諸世界足球史上的最大差距比分，簡直就是微不足道。目前足球史上最大的比分的賽事是 2002 年 10 月 31 日舉行的馬達加斯加聯賽爭冠附加賽賽事，結果是 AS Adema 以 149:0 狂勝 SO l'Emyrne，這場比賽也獲吉尼斯世界紀錄認證。不過這場比賽是一場「假球」，因為 SO l'Emyrne 不滿裁判在比賽雙方上一次對決時判決偏袒對手，所以在這場比賽不斷把皮球射進自己網窩以示抗議，結果造成這麼驚人的賽果。後來其中兩名不斷射進烏龍球的球員被罰停賽三年，反而是沒有阻止這場鬧劇的裁判沒有遭受任何懲罰。

　　至於在職業足球領域上獲公認是最大比分差距的比賽，就要追溯到 1885 年 9 月 12 日的蘇格蘭盃首圈賽事，結果是 Arbroath 以 36:0 大勝 Bon Accord。Arbroath 當時是成立了七年的球隊，相反位於 Aberdeen 的 Bon Accord 則只是成立了一年的新軍，而且還要是其他球隊退出了當屆賽事才臨時拉來參賽，結果成為歷史慘案的受害者。Bon Accord 到了 1980 年代便離開了職業聯賽，進入了業餘聯賽體系，至於 Arbroath 目前則是蘇格蘭冠軍聯賽（第二級聯賽）的球隊。當年只有 18 歲的 John Petrie 為 Arbroath 射進 13 球，至今仍然是成年級別賽事單場進球最多球員紀錄的保持者，到了 2001 年 4 月 11 日才由前澳洲國腳 Archie Thompson 在澳洲以 31:0 大勝美屬薩摩亞的世界盃

資格賽追平這紀錄。澳洲以 31:0 大勝美屬薩摩，亞至今仍是國際賽和大洋洲區比分最懸殊的比賽。

至於世界盃決賽圈方面，男子世界盃的最大差距比分是 1954 年匈牙利以 9:0 大勝韓國，南斯拉夫也在 1974 年決賽圈以相同比分擊敗薩伊（現稱民主剛果），以及 1982 年匈牙利再以 10:1 大勝薩爾瓦多。至於女子世界盃則由美國隊於今年的決賽圈以 13:0 大勝泰國成為紀錄，美國前鋒 Alex Morgan 獨取五球也成為世界盃決賽圈史上單場進球最多球員。

（寫於 2019 年底）

足壇的是敵非友

文：剛田武

　　古語有云「相識就是緣分」，而且在同一支球隊踢球，就必須齊心協力才可以獲得勝利。可是職業足球壇說穿了就是職場，同事之間意見不合甚至不相往來是常見的事，因此放諸一支職業足球隊內有隊友不睦之事發生，其實也算是合情合理。

　　C羅納度在足球壇上最不爽的人不是梅西，相反他倆是識英雄重英雄，反而C羅跟皇家馬德里隊友 Gareth Bale 是公開的敵人，皆因一山不能藏二虎。C羅在皇馬的時候就已經在比賽期間公開表達對 Bale 的不滿，C羅曾經因為 Bale 選擇自己射門而不傳球給他，而對 Bale 攤手反白眼，而且還試過在比賽期間走到倒在地上的 Bale 面前指責他。幸好 Bale 是大心臟球員，無論是面對C羅的不友善態度或是總教練席丹的無視，他也能處之泰然安心當他的高薪替補席常客暨業餘高爾夫球手，結果這段關係在C羅離開皇馬後便告一段落。

　　波蘭中鋒 Robert Lewandowski 跟國家隊兼多特蒙德前隊友，外號「Kuba」的 Jakub Blaszczykowski 則是因為奪權得逞而導致分裂。雖然曾經是國家隊和球會雙料隊友，不過兩人早就因為政治立場而做不了朋友。後來本身是國家隊隊長的 Kuba 因為受傷而缺席了國家隊比賽，足協卻在這時安排 Lewandowski 成為隊長，縱然 Kuba 後來復出，隊長臂章還是掛在 Lewandowski 的身上，令 Kuba 感到很不爽。不過 Lewandowski 也對 Kuba 相當不友善，當他結婚的時候邀請所

有隊友出席婚宴，唯獨只是不邀請 Kuba。隨著 Lewandowski 後來轉投拜仁慕尼黑和 Kuba 淡出國家隊，這兩人才不用再碰面。

「伊布」Zlatan Ibarahimovic 則因為自身性格問題，曾經跟多名隊友發生爭執，比如是公開批評梅西是巴塞隆納前總教練 Josep Guardiola 的跟屁蟲，在 AC 米蘭訓練場跟美國中衛 Oguchi Onyewu 打起來。不過跟 Ibrahimovic 仇恨最深的肯定是前阿賈克斯隊友 Rafael van der Vaart，這或許是因為一場誤會所致。當時 Ibrahimovic 代表瑞典跟荷蘭踢友誼賽，結果 Ibrahimovic 踢傷了 van der Vaart 的十字韌帶，賽後 van der Vaart 公開譴責伊布蓄意為之，伊布則反嗆 van der Vaart 如果再有機會碰面的話，就肯定會蓄意踢斷對方的腳。結果伊布在事件發生後 13 天便被阿賈克斯賣到義甲，從此兩人再沒交手。

另外更難看的是隊友之間的關係竟然是因為其中一人偷吃了對方的老婆而決裂，年代較遠的有切爾西後衛 John Terry 和 Wayne Bridge，比較近期的則有阿根廷雙雄 Mauro Icardi 和 Maxi Lopez。Icardi 和 Maxi 本來是好朋友，而且在桑普多利亞效力時是令人聞風喪膽的前鋒組合。可是後來卻發生了 Maxi 跟妻子離婚半年後，前妻卻已經跟 Icardi 再婚。後來 Icardi 轉投國際米蘭，倒戈桑普多利亞時 Maxi 在賽前拒絕跟 Icardi 握手，就讓人明白這很可能是一件偷腥事件。雖然 Icardi 事後跟 Maxi 道歉，不過道歉後又被發現 Icardi 竟然把 Maxi 跟前妻所

生之孩子的樣貌紋在身上，令事件以仇恨作結。至於 Terry 則是偷吃了 Bridge 的老婆，令 Bridge 憤然離開英格蘭國家隊，因為不想跟 Terry 成為隊友。當時 Bridge 已經離開切爾西，後來他跟 Terry 在英超賽場相遇，他在賽前拒絕跟 Terry 握手的一幕相信不少英超球迷仍然記憶猶新。

（寫於 2019 年底）

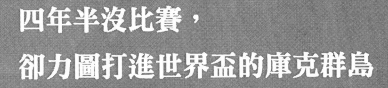

四年半沒比賽，
卻力圖打進世界盃的庫克群島

文：剛田武

庫克群島（Cook Islands）是位於太平洋南部接近換日線，由 15 個島嶼組成，隸屬於紐西蘭的自治島國，世外桃源就是他們的代名詞。不過正因為地勢偏遠，所以多年來無法邀請其他國家的球隊到來比賽，同樣也因為足球並非當地最受歡迎的運動，所以也沒有經費特意到外國踢球。從 1971 年首次參與國際賽以來，庫克群島在這 39 年竟然只踢了 47 場比賽，最後一次比賽更已是 2015 年的事。可是他們並沒有放棄進步，並許下 2026 年要打進世界盃決賽圈的宏大目標。

庫克群島足協技術總監 Kevin McGreskin 認為當地人很喜歡參與運動項目，大部分國家隊成員本身也是當地最受歡迎運動橄欖球聯賽參與者，女子足球員則兼玩籃網球，可是始終局限於業餘性質，因此沒有明顯進步。至於 McGreskin 的前任 Jess Ibrom 在任期間，女子 U16 隊更打進大洋洲 U16 女子錦標賽資格賽四強賽，是各方準備了接近半年的成果，說明只要有系統訓練和比賽，庫克群島也可以在足球取得成就。

不過正如之前所說，地理劣勢是庫克群島難以找到對手的阻礙，跟她們最接近的球隊法屬玻里尼西亞也在 1,146 公里以外。所以大洋洲足聯去年通過將仿傚歐洲足聯和中北美洲足聯舉辦國家聯賽，將有助庫克群島擁有更多國際比賽機會，從而推動足球發展。而且庫克群島在今年 3 月舉辦大洋洲國家盃資格賽，將與美屬薩摩亞、薩摩亞和東加爭奪一個決賽圈席位，

所以庫克群島將打破接近五年的比賽荒。在 2018 年世界盃資格賽，庫克群島也是跟這三個對手爭奪出線資格，當時庫克群島擊敗東加和薩摩亞，可是在最後一場不敵美屬薩摩亞而出局。所以庫克群島也有一定機會爭取自 2000 年後首次進軍大洋洲國家盃決賽圈的機會，若晉級便可跟區內強隊紐西蘭、斐濟和塔希堤等較量的機會。

為什麼庫克群島把打進世界盃決賽圈的目標設定在 2026 年？主要原因是世界盃決賽圈將於 2026 年再次擴軍，從 32 隊增至 48 隊，屆時大洋洲足聯可以獲得一個固定參賽席位和一個與其他洲份競逐決賽圈門票的附加賽席位。由於大洋洲只有 11 個會員國，除了紐西蘭領先其他國家很多，幾乎穩占固定參賽席位，其餘 10 個國家的實力差距不大，所以庫克群島希望屆時可以在「列強」中脫穎而出，然後再擊敗其他洲份代表，實踐打進世界盃決賽圈的夢想。

（寫於 2020 年初）

國家圖書館出版品預行編目資料

球場內外／老溫、鄭湯尼、剛田武　合著. —初版.—
臺中市：天空數位圖書　2020.10
　面：公分
　ISBN：978-957-9119-96-2（平裝）

863.55　　　　　　　　　　　　109017201

發　行　人：蔡秀美
出　版　者：天空數位圖書有限公司
作　　　者：老溫、鄭湯尼、剛田武
編　　　審：亦臻有限公司
製 作 公 司：文精舍有限公司
出 品 公 司：傑拉德有限公司
版 面 編 輯：採編組
美 工 設 計：設計組
出 版 日 期：2020 年 10 月（初版）
銀 行 名 稱：合作金庫銀行南台中分行
銀 行 帳 戶：天空數位圖書有限公司
銀 行 帳 號：006-1070717811498
郵 政 帳 戶：天空數位圖書有限公司
劃 撥 帳 號：22670142
定　　　價：新台幣 270 元整
電子書發明專利第　Ｉ　306564 號　　　　　　版權所有請勿仿製
※　如有缺頁、破損等請寄回更換

紙本書編輯印刷：
電子書編輯製作：
天空數位圖書公司 E-mail：familysky@familysky.com.tw　http://www.familysky.com.tw/
地址：40255台中市南區忠明南路787號30F國王大樓　Tel：04-22623893　Fax：04-22623863